KB078449

7번째 환생 1□

묘재 장편소설

초판 1쇄 찍은 날 § 2019년 3월 6일
초판 1쇄 펴낸 날 § 2019년 3월 13일

지은이 § 묘재
펴낸이 § 서경석

총괄팀장 § 최하나
편집책임 § 김경민
편집 § 신나라
디자인 § 고성희, 신현아

펴낸곳 § 도서출판 청어람
등록번호 § 제387-1999-000006호
등록일자 § 1999. 5. 31
어람번호 § 제1-3009호

주소 § 경기도 부천시 부일로 483번길 40 서경B/D 3F (우) 14640
전화 § 032-656-4452 팩스 § 032-656-4453
http://www.chungeoram.com
E-mail § chungeorambook@daum.net

ⓒ 묘재, 2018

ISBN 979-11-04-91953-4 04810
ISBN 979-11-04-91777-6 (세트)

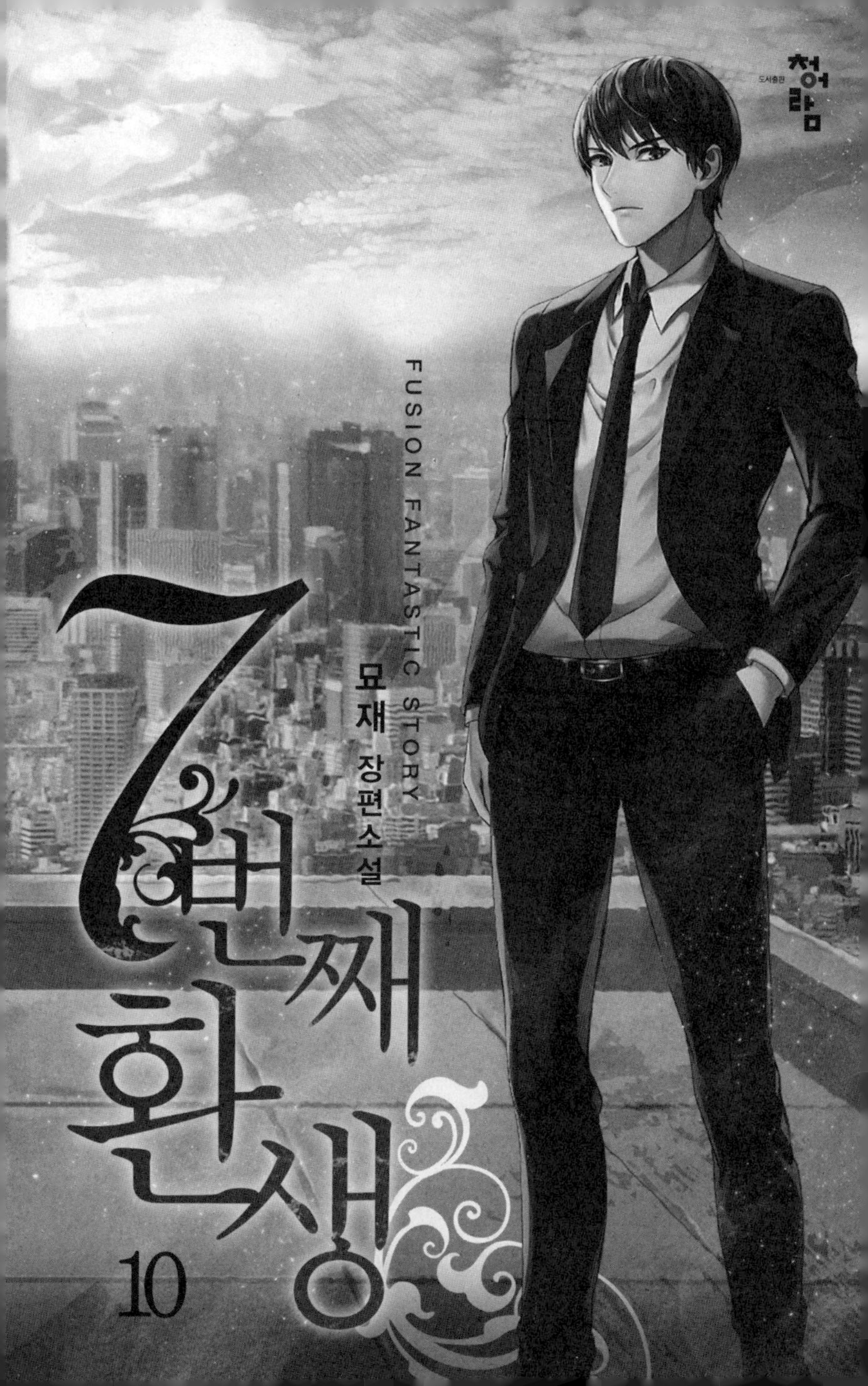

도서출판 청어람
FUSION FANTASTIC STORY
묘재 장편소설
7번째 환생
10

Contents

1장

세계정부

7번째 환생은 작가의 상상력을 기반으로 창작된 소설로서 실제 상황 및 현실 배경과 다른 내용이 나올 수 있습니다. 또한 본문에 등장하는 지명과 인명은 실제와 관련이 없음을 알려 드립니다.

　최치우는 전임 UN 사무총장을 만난 적이 있었다.

　UN 본부에서 열렸던 세계 기업가 포럼에 참석해 연설을 했고, 그때 요아힘 마빈 총장을 만나 덕담을 들었다.

　요아힘 마빈 총장이 올림푸스를 칭찬한 게 언론 기사로 퍼지기도 했다.

　그러나 공식 행사에서 UN 사무총장을 만나는 것과 따로 독대를 하는 것은 완전히 다른 문제다.

　UN는 세계정부라고 불린다.

　실권은 크지 않지만, 미국과 중국 같은 강대국도 UN의 정책과 결정을 존중하고 있다.

　그렇기에 UN을 이끄는 사무총장은 막대한 권력을 지녔고,

임명 과정에서부터 치열한 전쟁이 벌어진다.

임명이 된 다음에도 UN 사무총장은 온갖 견제에 시달리게 마련이다.

권한이 크면 그만큼 시기하고 질투하는 힘도 덩달아 커진다.

따라서 오해를 살 수 있는 기업인과의 독대는 UN 사무총장에게 금기 사항이나 마찬가지다.

더구나 요아힘 마빈 이후 새롭게 사무총장으로 취임한 알렉산드로 마커스는 성격이 칼 같기로 유명하다.

덴마크 출신인 알렉산드로는 미국 정부의 전폭적 지지를 등에 업고 사무총장이 됐다.

그러나 취임 이후 행보는 미국의 기대를 무참히 배반했다.

그는 여러 이슈에서 철저하게 중립적인 입장을 지켰고, 미국 정부의 요청을 묵살한 적도 많았다.

미국 외교가에서는 두 번 다시 북유럽 출신 사무총장을 지지하지 않겠다는 말이 나올 정도이다.

물론 알렉산드로 마커스 사무총장이 반미(反美) 성향인 것은 절대 아니었다.

다만 그는 이제껏 보지 못했던 특이한 스타일이었다.

이전 사무총장들은 미국 정부의 입김에서 자유롭지 못하거나 혹은 노골적 반미 성향을 보여왔다.

그런데 알렉산드로 총장은 사안에 따라 다른 선택을 내렸다.

중립이라는, 국제 정치 무대에서 이상향에 불과한 위험한 길을 걸어가는 것이다.

중립지대는 어디서도 환영받지 못한다.

누구의 편도 아니기 때문에 위기의 순간 도움을 요청할 곳도 없다.

그럼에도 불구하고 꿋꿋하게 중립을 추구하는 알렉산드로 총장의 뚝심은 인정해야 될 것 같았다.

대신 그만큼 최치우가 알렉산드로 총장을 독대하는 것은 어려운 일이 됐다.

여러 국가들이, 특히 미국이 눈에 불을 켜고 알렉산드로 총장의 일거수일투족을 지켜보는 중이다.

만약 UN 사무총장이 기업인과 비밀스러운 미팅을 하면 당장 음모론을 만들어 퍼뜨릴지 모른다.

화려한 인맥과 정치력으로 무장한 임동혁도 뾰족한 수를 내지 못했다.

그러는 사이 3월이 됐고, 곧 벚꽃이 필 시기가 다가오고 있었다.

대외적으로 올림푸스와 퓨처 모터스는 아무 문제가 없었다.

퓨처 모터스의 제우스 파크는 도시의 명소가 됐고, 제우스 S의 판매량은 줄어들 줄 몰랐다.

두 회사의 합산 시가총액은 100조를 진즉 넘기고 150조 원을 향해 고공 행진을 거듭하고 있었다.

올여름 라이프치히의 소울 스톤 발전소가 완공되면 150조는 무난히 넘기고 남을 것이다.

하지만 수면 아래에서 올림푸스는 부글부글 끓고 있었다.

최치우는 네오메이슨에게 치명상을 입힐 수 있는 카드를 손에 넣었다.

유은서가 목숨을 걸고 만들어낸 그 카드를 허무하게 낭비할 순 없다.

반드시 UN에서 폭탄을 터뜨려 네오메이슨이 어렵게 세탁한 자금을 날려 버릴 것이다.

최치우는 목표를 정했다.

그는 난관이 있다고 해서 목표를 바꾸지 않았다.

현실적으로 어려운 미션이지만, 어떻게든 알렉산드로 총장을 만나서 유은서의 리스트를 넘긴다.

목표까지 앞만 보고 달려가는 최치우의 시계가 바쁘게 돌아가고 있었다.

            *   *   *

"이 사람은 패스."

"왜 그러십니까? 가장 유능한 인재입니다."

"눈빛이 탁합니다. 두 마음을 품을 사람이에요."

"아니, 그런……."

최치우가 눈빛을 운운하자 임동혁이 황당한 표정을 지었다.

그러나 최치우는 농담을 하는 게 아니었다.

그는 세상 진지한 얼굴로 서류를 넘겼다.

"이 사람은 오케이."

"스펙으로는 조금 처지지 않습니까?"

"스펙을 뛰어넘는 스토리가 있잖아요. 우리 올림푸스에 잘 어울리는 인재 같습니다."

"알겠습니다. 대표님 결정에 무슨 말을 덧붙이겠습니까."

임동혁은 한숨을 내쉬고 최치우가 결재한 서류를 다시 넘겨받았다.

두 사람은 올림푸스의 임원 인선을 마무리했다.

백승수를 총무 이사로, 김지연을 홍보 이사로 승진시켰고 임동혁은 총괄 부사장이 됐다.

뿐만 아니라 여러 경로를 통해 추천받은 세계적인 인재들을 임원으로 스카우트했다.

최치우의 결재를 받은 사람들은 모두가 선망하는 로켓 올림푸스에 올라타게 될 것이다.

"오래 걸렸습니다."

결재 서류를 챙긴 임동혁이 입을 열었다.

임원 선임은 작년 중순부터 나왔던 이야기다.

그런데 최종 결정을 내리기까지 꽤 오랜 시간이 소요된 것이다.

최치우는 고개를 끄덕이며 대답했다.

"사람을 뽑는 것, 특히 리더인 임원을 뽑는 것은 정말 중요하니까. 사람 하나 잘못 들이면 집안이 폭삭 망한다고 들었습니다. 돌다리를 여러 번 두드려도 모자라지 않은 일입니다."

"대표님이 마지막까지 고심해서 내린 결정이니 믿고 따르겠습니다."

"임 이사님, 아니, 이제 부사장님이라 불러야겠군요. 부사장님이 다들 잘 적응할 수 있도록 신경을 써주세요."

"당연한 말씀을. 어리바리할 틈도 없이 꽉꽉 굴리겠습니다."

임동혁이 사악해 보이는 웃음을 지었다.

최치우는 새로 임원이 된 사람들의 명복을 빌었다.

재계의 망나니였던 임동혁은 절대 만만한 사람이 아니다.

오직 최치우 앞에서만 구박을 받으며 깨질 뿐, 다른 직원들은 임동혁 앞에서 말도 제대로 못한다.

하필이면 그런 임동혁의 후임이 된 신입 임원들이 불쌍할 따름이었다.

"그건 그렇고, UN 사무총장 미팅 말인데."

최치우가 화제를 돌렸다.

임동혁이 심각한 표정을 지으며 귀를 기울였다.

백방으로 연결 고리를 알아봤지만 쉽지 않았다.

재벌 2세인 임동혁의 인맥으로도 알렉산드로 총장을 만나긴 힘들었다.

"방법을 찾으셨습니까?"

"요아힘 전 총장에게 도움을 요청했습니다. 다행히 좋은 방법을 알려주더군요."

"아……!"

임동혁은 미처 생각지 못했다는 듯 탄성을 흘렸다.

퇴임을 했어도 전직 UN 사무총장은 여전히 각별한 영향력을 행사한다.

게다가 현직에서 물러나면 UN의 여러 규제로부터 자유로워진다.

결국 최치우와 인연이 있는 요아힘 전 총장이 실마리였던 것이다.

"다리를 놓아주는 것입니까?"

"요아힘 전 총장이 주최하는 자선 행사가 케냐에서 열립니다. 알렉산드로 총장도 초대를 받아 참석할 예정입니다. 그 행사에서 자연스럽게 만나도록 힘을 써주기로 했습니다."

"역시!"

임동혁이 주먹을 불끈 쥐었다.

이렇게 되면 떳떳하게 알렉산드로 총장을 만날 수 있다.

미국 정부도 알렉산드로 총장에게 딴지를 걸기 어려울 것이다.

자선 행사에서 만난 것을 가지고 트집을 잡으면 미국만 치졸해지기 때문이다.

"행사가 끝나고, 요아힘 전 총장이 몇몇 귀빈들만 초청해 티타임을 가질 겁니다."

"하지만 다른 사람들이 끼어 있으면 곤란하지 않겠습니까?"

"그래서 10분만 시간을 달라고 했습니다. 내가 알렉산드로 총장과 먼저 차를 마실 수 있도록."

말을 마친 최치우가 짙은 미소를 지었다.

임동혁도 웃음기를 머금은 얼굴로 고개를 끄덕거렸다.

"전용기 일정을 잡겠습니다. 누구와 동행하시겠습니까?"

"은서와 같이 갈게요. 리스트를 직접 만든 사람이고, UN 소속이니 알렉산드로 총장에게 어필할 수 있을 겁니다."

"케냐에서 두 분이 뜨거운 시간을 보낼 것 같습니다."

"부사장님."

임동혁의 농담을 들은 최치우가 눈살을 찌푸리며 정색했다.

그러자 임동혁은 곧장 자리에서 일어나 대표실 밖으로 도망갈 준비를 했다.

"케냐 날씨가 워낙 덥지 않습니까. 그럼 이만 업무 때문에 나가보겠습니다."

최치우는 후다닥 나가는 임동혁을 쳐다보며 웃음을 참았다.

올림푸스의 시작과 끝은 최치우지만, 그 중간에는 무수히 많은 사람들이 땀을 흘리며 버티고 서 있다.

임동혁도 올림푸스의 중간을 지탱하는 기둥이다.

새삼 고마운 마음이 들었지만 굳이 표현하지는 않았다.

"다 알고 있겠지."

혼잣말을 중얼거린 최치우가 눈을 돌렸다.

대표의 결재를 기다리는 서류가 여전히 산더미처럼 쌓여 있었다.

서명을 위해 만년필을 든 최치우는 전투에 임하듯 서류와 싸움을 시작했다.

　　　　＊　　　　　＊　　　　　＊

　올림푸스 전용기가 케냐로 날아갔다.

　전용기 승객은 단 두 명, 최치우와 유은서였다.

　유은서는 3월까지 휴가를 받았고, 4월부터 UN 본부에 복귀할 계획이다.

　최치우는 그 전에 UN 사무총장으로부터 확답을 받고 싶었다.

　알렉산드로 총장이 네오메이슨의 존재를 아는지 확인하는 게 우선이다.

　그다음 UN 내부의 네오메이슨을 소탕할 의지가 있는지 물어볼 것이다.

　만약 알렉산드로 총장의 생각이 최치우와 다르다면 유은서를 다시 UN에 보내는 것은 무척 위험한 일이다.

　적진 한가운데로 유은서를 돌려보낼 수는 없다.

　여러모로 케냐에서 많은 게 결정될 것 같았다.

　"정말… 괜찮을까?"

　최치우 옆에 딱 붙어 앉은 유은서가 걱정스러운 얼굴로 질문을 던졌다.

　그녀는 UN 소속이지만 사무총장을 따로 만날 기회는 없었다.

　쉽게 말해 대기업 신입 사원이 회장을 독대하는 것과 비슷한 일이다.

그런데 최치우 덕분에 케냐에서 알렉산드로 총장을 함께 만나게 생겼다.

설상가상으로 어마어마한 진실이 담긴 리스트를 보여주고, UN 내부에 네오메이슨이 있다는 이야기도 꺼내야 한다.

아무리 강심장이라도 부담이 될 수밖에 없다.

"너무 걱정할 필요 없어. 내가 같이 있잖아."

"새로운 총장님이 좋은 분이시면 좋겠어."

"지금까지 행보를 보면 소신이 뚜렷한 거 같은데, 뚜껑을 열어봐야지."

최치우는 섣불리 기대하지 않았다.

기대가 크면 실망도 큰 법이다.

그는 언제나 최악의 시나리오를 대비하는 편이다.

상상하기도 싫지만, 만에 하나 알렉산드로 총장이 네오메이슨일 경우도 가정해야 한다.

모든 수를 대비해야 백전백승의 신화를 쓸 수 있는 것이다.

최치우는 유은서를 다독이며 생각을 정리했다.

뜨거운 열사의 대륙, 검은 진주 아프리카가 그를 기다리고 있었다.

*   *   *

케냐에 도착한 최치우와 유은서는 요아힘 전 총장이 준비해

준 차를 탔다.

요아힘 마빈 전 총장은 아프리카의 영웅이라 해도 과언이 아니었다.

사실 최치우의 인기도 만만치 않았다.

특히 남아공에서 최치우는 은인으로 통한다.

올림푸스 남아공 본부가 광산을 개발하며 지역 경제에 활력을 불어넣었기 때문이다.

그러나 남아공을 제외한 아프리카 다른 지역에서는 요아힘 전 총장의 인기가 더 높았다.

웬만해선 글로벌 스타인 최치우의 인기를 능가하기 쉽지 않다.

그만큼 요아힘 전 총장이 아프리카의 맹주로 입지가 단단하다는 뜻이다.

"도착했습니다. 내일 아침 일찍 모시러 오겠습니다."

리무진 기사는 한참을 달려 최치우와 유은서를 내려줬다.

두 사람은 사막 한가운데 세워진 펜션 형태의 초호화 별장에 묵게 됐다.

완전히 독립된 공간으로 남의 눈을 신경 쓰지 않고 케냐의 자연을 즐길 수 있는 곳이었다.

"고맙습니다. 요아힘 전 총장님께도 인사를 전해주세요."

"네, 모실 수 있어 영광입니다."

리무진 기사는 최치우를 향해 허리를 90도로 숙이며 인사를 하고 떠나갔다.

"아무 생각 없이 하루는 푹 쉴까?"

"좋아!"

최치우는 유은서의 손을 꼭 잡고 별장 안으로 들어갔다.

창밖으로 끝없이 펼쳐진 사막을 바라보며 보낼 하룻밤이 기대됐다.

내일이면 전현직 UN 사무총장 두 명을 한자리에서 만나게 된다.

최치우도 그들과 나란히 설 수 있는 세계의 중심으로 성장한 것이다.

휘이이이―

사막의 열기를 담은 바람이 최치우를 환영하는 것 같았다.

                    *   *   *

사막의 밤은 뜨거웠다.

그리고 무엇보다 달콤했다.

최치우는 복잡한 생각을 잠시 꺼두기로 마음먹었다.

어차피 겨우 하룻밤이다.

해가 뜨면 UN의 전현직 사무총장을 만나 승부를 걸어야 한다.

더구나 케냐에서의 일정이 전부가 아니었다.

이왕 아프리카까지 날아온 김에 남아공 본부를 돌아보기로 했다.

이시환이 지키고 있는 남아공 본부와 한껏 규모가 늘어난 헤라클레스가 궁금했다.

매일 보고를 받지만, 직접 두 눈으로 현장을 확인하는 것은 다르다.

특히 헤라클레스의 현재를 확인하고 싶었다.

미국 특수부대 출신들을 대거 받아들이고, 지속적으로 인원을 불린 헤라클레스는 얼마나 강해졌을까.

실리콘밸리로 파견을 나갔던 리키도 남아공에 복귀했다.

리키는 최치우를 제외하면 지구에서 가장 강한 남자일지도 모른다.

그가 통솔하는 헤라클레스의 위명은 진즉 아프리카 남부를 뒤덮었다.

머지않아 헤라클레스는 비장의 무기가 될 것이다.

"또 일 생각하지?"

그때 유은서의 목소리가 울렸다.

고작 하룻밤이 전부인 휴가를 즐기면서 최치우는 자기도 모르게 헤라클레스를 생각하고 있었다.

"미안, 병인가 보다."

"워커홀릭도 좋지만, 이럴 땐 나한테 더 집중해 줘."

유은서의 입술이 유독 붉게 빛났다.

두 사람은 수영복 하나만 걸친 채 사막이 보이는 야외 스파에 몸을 담그고 있었다.

피로를 풀어주는 따뜻한 물, 별장 지배인이 가져다준 샴페인, 그리고 금방 쏟아질 것 같은 사막의 은하수.

모든 게 완벽했다.

게다가 꽤 늦은 시간이라 별장을 관리하는 지배인과 직원들도 퇴근했다.

아무도 없는 둘만의 공간이다.

최치우는 정말 머릿속 전원을 내렸다.

이런 순간마저 일 생각으로 가득 채우면 나중에 후회할 것 같았다.

"사죄의 의미로 마사지해 줄게."

"마사지?"

"받고 나면 온몸이 개운해질 거다. 장담해."

최치우가 미소를 지으며 유은서의 등을 돌렸다.

곧이어 두 손을 뻗어 그녀의 어깨와 등을 누르기 시작했다.

단순히 마사지 흉내를 내는 게 아니었다.

아주 약하게 내공을 실어 유은서의 기혈을 눌러주는 것이다.

고도의 점혈법이 가미된 마사지는 기의 순환을 촉진시킨다.

기가 혈도를 타고 제대로 흐르면 묵은 피로도 금방 해소될 수밖에 없다.

"음… 아—!"

이따금 묘한 소리가 유은서의 입술 사이를 비집고 나왔다.

기분 나쁘지 않은 근육통, 몸의 안과 밖이 모두 시원해지는 느낌이었다.

"어때? 차원이 다르지."

"계속 생각날 거 같아."

"앞으로 자주 해줄게."

유은서가 돌아앉아 최치우를 와락 껴안았다.

더 이상의 말은 필요치 않았다.

두 사람은 커다란 스파 욕조 안에서 하나로 포개어져 떨어질 줄 몰랐다.

시간은 멈춘 듯했고, 하늘 위 은하수만 천천히 흐르며 둘을 지켜봤다.

최치우와 유은서는 케냐 사막에서 진정한 재회의 기쁨을 나누며 다양한 색깔로 밤을 물들였다.

최치우도 비로소 휴식다운 휴식을 취하고 있었다.

*　　　　　*　　　　　*

요아힘 전 사무총장의 행사는 성대했다.

그러나 무턱대고 화려하진 않았다.

아프리카의 빈민들을 돕기 위한 자선 행사라는 점을 의식한 모양이다.

사실 요아힘 전 총장은 개인 자산이 수천억 원에 달하는 부자다.

최치우처럼 클래스가 다른 거물과 비교할 수는 없지만, 어디서도 꿇리지 않는 자산가인 셈이다.

그렇기에 최치우와 유은서가 어젯밤을 보낸 별장처럼 럭셔리한 공간도 여럿 소유하고 있었다.

부와 명성을 모두 가진 요아힘 전 총장이 꾸준히 자선 활동을 하는 이유가 무엇일까.

'정치겠지.'

최치우는 카메라 플래시를 받으며 미소를 짓는 요아힘 전 총장을 바라봤다.

물론 순수하게 좋은 의도도 있을 것이다.

하지만 정치적 욕심 없이 하기 힘든 행동들이 조금씩 보였다.

마냥 나쁜 일은 아니다.

능력과 소신을 가진 사람이 정치에 뛰어들어 세상을 바꾸는 건 긍정적인 일이다.

'정치라, 정치.'

최치우는 문득 정제국 대통령에게서 받은 제안을 떠올렸다.

최연소 문화부 장관이 되고, 그것을 바탕으로 대한민국 대통령이 되는 것.

충분히 실현 가능한 길이다.

'아마 언젠가는······.'

최치우는 묘한 기분을 느끼며 행사가 끝나길 기다렸다.

그에게 쏟아지는 카메라 세례도 만만치 않았다.

오히려 요아힘 전 총장이나 알렉산드로 총장보다 더 많은 관심을 받는 것 같았다.

올림푸스와 퓨처 모터스의 CEO이자 100m 달리기 세계신기록 보유자인 최치우는 어린아이도 얼굴을 아는 스타가 됐다.

전현직 UN 사무총장과 나란히 서 있어도 존재감에서 밀리지 않았다.

세계정부 UN의 수장을 능가하는 거목으로 성장했다고 자부해도 될 만하다.

"최치우 대표님, 케냐에서 열린 오늘 행사에 참석하신 특별한 뜻이 있으신가요?"

용감한 기자 한 명이 대뜸 마이크를 들이밀었다.

공식적인 발언 순서가 끝났는데 돌출 행동을 한 것이다.

경호원들이 재빨리 달라붙었지만, 최치우가 손을 저으며 괜찮다는 사인을 보냈다.

최치우는 마이크를 향해 고개를 숙이고 여유롭게 대답했다.

"오늘 행사를 주최하신 요아힘 마빈 전 UN 사무총장님, 그리고 자리를 빛내주신 알렉산드로 마커스 사무총장님. 두 분모두 제가 대단히 존경하는 국제사회의 어른입니다. 더불어 아프리카의 평화와 기아 해결이라는 문제는 올림푸스도 오래전부터 관심을 가져왔습니다. 앞으로도 두 분의 UN 사무총장님과 함께 아프리카의 미래를 위해 헌신하고 싶습니다. 그런 의미에서 기꺼이 요아힘 전 총장님의 초대에 응하게 됐습니다."

군더더기 없는 대답이었다.

최치우는 자기 자신을 높이지 않았다.

올림푸스를 은근슬쩍 부각시켰고, 동시에 요아힘 전 총장과 알렉산드로 총장의 얼굴에 기름칠을 해줬다.

근처에서 최치우의 답변을 듣고 있던 두 사람의 반응은 확연히 달랐다.

요아힘 전 총장은 대놓고 좋아하는 기색이었다.

최치우가 작정하고 자신의 행사를 띄워줬기 때문이다.

반면 알렉산드로 총장은 시종일관 무표정이었다.

연설을 할 때도, 사진을 찍을 때도 크게 웃지 않았다.

최치우의 노골적인 칭찬에도 크게 동요하는 모습이 아니었다.

'역시 소문대로 빈틈이 없군.'

최치우는 실망하지 않았다.

알렉산드로 총장은 세계 최강대국 미국 정부와 각을 세울 정도로 배포가 큰 인물이다.

칭찬 한 번에 마음을 열었다면 실망스러웠을 것이다.

'어차피 승부는 한 방에 나게 돼 있다.'

요아힘 전 총장이 자리를 마련해 주면 유은서와 함께 결정타를 날릴 것이다.

UN 소속 직원이 목숨을 걸고 만든 네오메이슨 리스트, 과연 그 앞에서도 알렉산드로 총장이 포커페이스를 유지할지 궁금했다.

자선 행사의 공식 순서가 끝나갈 무렵, 최치우는 눈을 돌려 유은서를 찾았다.

그녀는 조금 떨어진 곳에서 UN 실무 직원들과 섞여 이런저런 이야기를 나누고 있었다.

알렉산드로 총장과 함께 케냐로 온 UN 직원들은 유은서를
반갑게 맞아줬다.

'은서는 UN에서 참 행복해 보인다.'

최치우는 밝게 웃는 그녀의 얼굴을 보며 고개를 끄덕였다.

유은서가 계속 UN에서 일하며 꿈을 꿀 수 있도록 도와주고
싶었다.

그러기 위해선 알렉산드로 총장의 협력이 필요하다.

곧 있을 티타임을 기다리는 최치우의 각오가 더욱 굳세어졌
다.

                    *   *   *

요아힘 전 총장은 약속을 지켰다.

자선 행사에 참석한 VIP들만 따로 모아 티타임을 가지는
데, 10분 일찍 알렉산드로 총장을 부른 것이다.

바늘로 찔러도 피 한 방울 안 나올 것 같은 알렉산드로 총
장도 전직 UN 사무총장의 부탁을 거절하긴 어려웠던 것 같다.

최치우와 유은서는 약속한 방 안에서 알렉산드로 총장을 기
다리고 있었다.

똑똑―

곧이어 노크와 함께 문이 열렸다.

수행원 없이 혼자 들어온 알렉산드로 총장의 안색은 다소

냉랭해 보였다.

유명해도 너무 유명한 기업인 최치우와 따로 만난다는 게 부담스러운 탓일까.

사실 오해를 해도 이상할 게 전혀 없는 상황이다.

최치우가 부정한 청탁을 위해 케냐까지 날아와 자리를 마련한 것처럼 보일 수도 있다.

"총장님, 꼭 드릴 말씀이 있어 실례를 무릅썼습니다."

최치우는 뻔한 인사를 생략했다.

어차피 자선 행사에서 얼굴을 익혔다.

이제 와 다시 인사를 하고, 의미 없는 격식을 차리기엔 10분이란 시간이 너무 아까웠다.

"올림푸스와 퓨처 모터스는 혁신적인 기업이라고 명성이 자자합니다. 그런데 이런 구태의연한 방식을 쓰다니… 많이 실망스럽습니다."

60대지만 눈빛이 형형하게 살아 있는 알렉산드로 총장이 정곡을 찔렀다.

강직한 성격답게 적당히 돌려서 말하는 법이 없었다.

최치우는 그의 눈을 정면으로 마주 봤다.

"총장님께 부탁을 드리려고 자리를 마련한 게 아닙니다."

"그럼 굳이 이러는 이유가 무엇입니까?"

"UN의 직원이 자기 직무를 수행하다 납치를 당하고, 죽을 뻔했습니다. 따라서 UN을 이끄는 총장님의 책임을 묻고 싶습니다."

황당한 이야기다.

최치우는 UN 사무총장에게 대뜸 책임을 지라고 따졌다.

모 아니면 도.

과연 알렉산드로 총장은 어떤 대답을 할 것인가.

"불미스러운 사건으로 휴가를 낸 직원이 있다고는 들었습니다만……."

시종일관 당당하던 알렉산드로 총장이 말끝을 흐렸다.

얼음장 같던 그의 표정도 아주 약간이나마 녹은 것 같았다.

최치우는 속으로 쾌재를 부르며 확신했다.

'알렉산드로 마커스 총장은 네오메이슨이 아니다!'

연기를 하는 거라면 최치우의 눈을 속일 수 없다.

현대에서는 20대 중반이지만 최치우가 살아온 세월이 얼마인지 모른다.

눈앞에서 최치우를 속일 수 있는 사람은 없다고 해도 과언이 아닐 것이다.

최치우는 말없이 옆에 선 유은서를 가리켰다.

"은서 유, UN의 국제금융감시위원회 직원이며 저의 소중한 사람입니다."

"……!"

알렉산드로 총장의 눈빛이 흔들렸다.

그는 방에 들어와서 유은서를 신경도 쓰지 않았다.

그저 최치우의 여비서라고 생각했는데 UN의 직원이었다

니, 놀라울 따름이었다.

"은서는 의심스러운 금융거래 내역을 추적했고, 그로 인해 납치를 당했습니다. 그리고 생명의 위협도 감당해야 했습니다. UN의 수장인 총장님께서 책임을 느껴야 하지 않겠습니까?"

최치우는 마치 학생을 혼내는 선생님처럼 준엄하게 말했다.

세계정부라 불리는 UN 사무총장 앞에서 이런 태도를 보일 수 있는 사람은 몇 명이나 될까.

지구를 통틀어도 다섯 손가락을 넘기지 않을 것이다.

그러거나 말거나 최치우는 개의치 않고 할 말을 계속 이어갔다.

"은서는 직속 상사에게만 보고를 했습니다. 그런데 납치를 당했죠. 아시겠습니까? UN 내부에 얼마나 많은 스파이들이 들어와 있는지!"

"자초지종을… 처음부터 설명해 줄 수 있겠습니까?"

알렉산드로 총장이 대화에 응할 의지를 보였다.

충격요법으로 기선을 제압하는 최치우의 작전이 먹힌 것이다.

최치우는 고개를 끄덕이며 의자를 꺼냈다.

제법 긴 이야기가 될 수 있으니 자리에 앉자는 것이다.

알렉산드로 총장이 의자에 앉는 순간, 10분의 시간제한은 사라지게 된다.

터억—

결국 세 사람 모두 의자에 앉았다.

유은서는 직접 뉴욕에서 겪은 일을 소개하며 네오메이슨 리스트를 건넸다.

　불법적 거래 내역이 기록된 리스트를 확인하는 알렉산드로 총장의 눈썹이 흔들리고 있었다.

　당혹감과 분노가 뒤섞인 감정이 느껴졌다.

　"이들이… 대체……."

　최치우는 리스트를 한 장 한 장 넘기는 알렉산드로 총장에게 절대 잊을 수 없는 이름을 각인시켰다.

　"네오메이슨. 이제 그들을 뿌리 뽑을 시간입니다."

2장

여명 작전

최치우와 유은서는 케냐에서 남아공으로 이동했다.

아프리카의 항공편은 지연되기 일쑤이지만, 전용기를 이용하기에 훨씬 편했다.

공항의 문제가 아니면 비행 일정이 딜레이될 일은 없는 것이다.

최치우는 시간이 지날수록 전용기를 사길 잘했다고 느꼈다.

만약 전용기가 없었다면 미국 콜로라도에서 대지의 소울 스톤을 옮기기도 힘들었을 것이다.

남아공 공항에는 이시환이 마중을 나와 있었다.

20대에 남아공 본부장이라는 중역을 맡았던 이시환은 어느새 한국 나이로 30살이 됐다.

서른 살.

남자에게 30대가 주는 의미는 결코 가볍지 않다.

그래서일까.

항상 유쾌한 분위기 메이커 역할을 도맡아 하던 이시환도 남자의 향기를 뿜어내기 시작했다.

시원시원한 성격은 그대로지만 글로벌기업 올림푸스의 임원답게, 그리고 30대 남자답게 무게감도 갖춘 것이다.

"치우야, 은서! 이렇게 만나니까 동문회라도 하는 기분이다. 남아공에서 우리 셋이 모이다니 세상 오래 살고 볼 일이야!"

이시환이 두 팔을 활짝 벌리며 목소리를 높였다.

최치우는 그와 포옹을 나누고 등을 세게 두드렸다.

열사의 땅 아프리카에서 온갖 고생을 하며 남아공 본부를 키운 장본인이 바로 이시환이다.

올림푸스에서 이시환에게 크나큰 기회를 준 셈이지만, 그래도 고맙고 미안한 마음이 더 깊었다.

"시환이 형, 점점 얼굴이 좋아져. 아프리카가 체질에 맞는 거 같은데?"

"체질에 맞지. 그렇지만 슬슬 결혼도 해야 하는데… 언제쯤 한국으로 불러줄 겁니까, 대표님!"

"불리할 때만 대표 찾고 그러면 안 된다고."

최치우와 이시환이 농담을 주고받으며 웃음을 터뜨렸다.

유은서도 밝은 표정이었다.

"오빠, 여전하네요."

"은서야! 이렇게 둘이 같이 있는 걸 다시 보니 감개가 무량하다. 너네 둘 잘된 거에 내 공이 크다는 사실을 잊지 마라!"

"무슨 소리예요, 그게?"

"너가 UN에서 일한다는 소식을 내가 전해줬거… 컥—!"

이시환이 쓸데없는 소리를 늘어놓자 최치우가 명치를 때렸다.

가볍게 이시환을 제압한 최치우는 미소를 지으며 앞장섰다.

"얼른 갑시다. 남아공에서는 둘러볼 게 많으니까."

"은서야, 나 대신 신고 좀 해주라. 올림푸스 CEO가 직원을 때린다고."

이시환이 유은서에게 SOS를 쳤다.

하지만 유은서는 최치우의 팔짱을 끼며 혀를 내밀었다.

"난 아무것도 못 봤어요."

"와……."

이시환은 세상에 믿을 사람 하나 없다는 표정으로 고개를 저었다.

"내가 꼭 모델 같은 여자 친구 만들어서 복수한다!"

"꼭 그런 날이 오기를 바랍니다, 본부장님."

최치우가 씨익 웃으며 호칭을 바꿨다.

사적인 관계로 반가움을 나눴지만, 이제 공적인 관계로 돌아갈 시간이다.

짧은 일정을 효율적으로 쓰려면 서둘러야 한다.

케냐에서 보낸 하룻밤이 정말로 최치우의 유일한 휴가였던 셈이다.

이시환도 표정을 바꾸고 후다닥 달려 최치우보다 앞서 걸어
갔다.

공항 밖에서 기다리고 있는 차로 안내하기 위해서다.

케냐에서 알렉산드로 마커스 UN 사무총장을 만난 최치우
는 한결 가벼운 얼굴로 남아공 스케줄을 소화하기 시작했다.

누구보다 일찍 아프리카의 무한한 가능성을 주목했던 사람
이 바로 최치우다.

그는 이번에도 검은 대륙에서 엄청난 기회를 찾아낸 것 같
았다.

최치우가 일정을 모두 마치고 돌아가는 날, 네오메이슨은 심
각한 위기에 직면하게 될 것이다.

올림푸스와 UN의 수장이 함께 칼을 뽑을 순간이 다가오고
있었다.

                    *   *   *

올림푸스는 남아공 정부로부터 20개 광산의 개발권을 양도
받았다.

그러나 한꺼번에 모든 광산을 개발할 수는 없었다.

20개의 광산이 전부 알짜인 것도 아니었다.

인력과 자금을 투입해서 개발했을 때 수익을 얻을 수 있을
지 조사를 하는 것부터 난관이었다.

다행히 이시환은 최치우가 기대했던 것보다 훨씬 더 꼼꼼하게 프로젝트를 추진했다.

평소에는 약간 덤벙거리는 편이지만, 일을 할 때는 사람이 완전히 달라졌다.

신경과민증에 걸릴 정도로 직원들을 몰아붙였고, 보고서의 토씨 하나 틀린 것까지 직접 확인했다.

덕분에 올림푸스는 현재까지 8개의 광산을 개발하게 됐고, 단 한 곳에서도 적자를 보지 않았다.

많은 사람들이 올림푸스를 이야기할 때 혁신이라는 단어를 가장 먼저 언급한다.

하지만 혁신적인 시도를 하기 위해서는 든든한 자금이 뒷받침돼 있어야 한다.

현금 흐름, 캐쉬 플로우처럼 중요한 게 또 없다.

남아공의 광산을 개발해 벌어들이는 막대한 현금이 없었다면 최치우도 지금처럼 자유롭게 다양한 도전을 하지 못했을 것이다.

그렇기에 남아공 본부는 올림푸스에게 있어 아주 중요한 알짜배기 사업부였다.

상대적으로 주목은 덜 받지만 없어서는 안 되는 곳.

우리 몸으로 따지면 신장이나 간의 역할을 해내고 있는 셈이다.

물론 처음에는 이시환도 몸으로 때우며 주먹구구로 사업을 전개했다.

그러나 남아공 본부의 규모가 커지고, 국제적인 인재들을 수혈하며 상황이 나아졌다.

이제는 어디에 내놔도 꿀리지 않는 어엿한 해외 지사가 됐다.

최치우는 남아공 본부 임원들이 준비한 프레젠테이션이 끝나자 박수를 아끼지 않았다.

짝짝짝짝짝—!

박수로만 때울 수는 없었다.

최치우가 앉은 자리에서 벌떡 일어났다.

이시환과 남아공 본부의 임원들, 그리고 본사 CEO의 방문에 기대감을 품고 모여든 다양한 국적의 직원들이 최치우를 쳐다봤다.

최치우는 그들 모두를 위해 영어로 말했다.

"정말 고생 많았습니다. 이시환 본부장님, 그리고 여기 모인 올림푸스 가족들. 현장을 지키느라 오늘 참석하지 못한 분들까지… 여러분이 아프리카 남아공에서 흘린 땀방울이 올림푸스를 세계적인 기업으로 키우는 데 가장 큰 힘이 됐습니다. 올해는 올림푸스가 남아공을 벗어나 아프리카 대륙 전체로 뻗어가는 원년이 될 겁니다. 여러분이 바로 그 주인공입니다."

역시 최치우의 연설은 심장을 뛰게 하는 마력을 지니고 있었다.

남아공 본부 사무실에 모인 직원들이 누가 먼저랄 것도 없이 박수를 쳤다.

짝짝짝짝짝짝짝!

"와아아아!"

"올림푸스! 올림푸스!"

최치우는 마음 깊은 곳에서 우러나온 뜨거운 감동을 느꼈다.

그가 전 세계를 돌아다니며 고군분투하는 동안 남아공 본부는 비약적으로 성장했다.

혼자서만 싸운 게 아니었다.

이시환, 그리고 남아공의 수많은 직원들이 올림푸스를 위해 싸우고 있었다.

'그 누구도 만리장성을 혼자 세우지 못해.'

최치우는 인류의 위대한 업적으로 손꼽히는 만리장성을 생각했다.

목숨을 걸고 국경으로 달려간 무명의 병사들이 없었다면 진시황이라도 만리장성을 세울 엄두를 못 냈을 것이다.

그렇기에 만리장성은 진시황의 유물이지만, 동시에 그곳에서 피땀을 바친 모두의 업적이다.

역사는 올림푸스와 최치우를 기록하겠지만, 최치우는 보이지 않는 곳에서 헌신하는 직원들을 잊지 않겠다고 다짐했다.

'때가 오고 있다.'

최치우는 빈말을 하지 않는다.

올해가 아프리카 대륙 전역으로 진출하는 올림푸스의 새로운 원년이 될 것이다.

최치우는 두근거리는 가슴을 안고 남아공 본부 직원들과 함께 열기를 나눴다.

　　　　　　＊　　　　　　　＊　　　　　　　＊

　　최치우는 이시환에게 비밀스러운 지시를 내렸다.

　　광산 개발은 8곳이면 충분하다.

　　물론 더 늘릴 수 있으면 좋지만, 최치우는 보다 큰 목표를 제시했다.

　　남아공을 넘어서 진격하자는 것이다.

　　올림푸스는 이미 아프리카 남부에서 막강한 영향력을 행사하고 있다.

　　아프리카 남부의 중심 국가인 남아공에 성공적으로 뿌리를 내렸기에 당연한 일이다.

　　단순히 비즈니스 영향력만 큰 게 아니었다.

　　헤라클레스가 게릴라 반군 레드 엑스를 섬멸시킨 것은 아직도 종종 회자되는 전설적인 군사작전이었다.

　　경제력과 군사력, 그리고 최치우의 인맥을 바탕으로 한 정치력까지.

　　올림푸스 남아공 본부는 삼위일체를 갖추고 있었다.

　　이제 진군의 깃발을 아프리카 중부로 이어갈 차례다.

　　최치우는 케냐에서 알렉산드로 UN 사무총장을 만나 중요한 이야기를 나눴다.

두 사람은 UN 내부에 잠입한 네오메이슨을 쓸어버리기 위해 힘을 모으기로 했다.

하지만 최치우는 알렉산드로 총장만 만난 게 아니었다.

그 자리를 만들어준 사람, 아프리카의 영웅으로 불리는 요아힘 마빈 전 총장과도 뜻깊은 시간을 보냈다.

요아힘 전 총장은 올림푸스가 남아공에서 이뤄낸 성과에 관심을 보였다.

비록 외국 회사지만 남아공 경제와 사회에 긍정적인 역할을 끼쳤기 때문이다.

그는 기꺼이 케냐 정부에 최치우를 소개해 주겠다고 약속했다.

아프리카에서는 인맥이 무엇보다 중요하다.

시스템이 자리 잡지 않은 국가일수록 믿을 수 있는 사람의 소개를 보증 수표로 여긴다.

최치우가 아무리 유명한 글로벌 슈퍼스타라도 케냐에서는 이방인이다.

그러나 요아힘 마빈이 보증인으로 나서면 이야기가 완전히 달라진다.

사실상 국왕이나 다름없는 케냐 대통령과 일대일 미팅도 가능하다.

최치우는 조만간 이시환을 올림푸스의 특사로 케냐에 보낼 계획이었다.

이시환과 담당 부처 장관이 실무 회담을 진행하면 다음 순

서로 최치우와 케냐 대통령이 만나게 될 것이다.

아프리카 중부의 중심 국가인 케냐까지 접수하는 것은 허황된 꿈이 아니었다.

아프리카와 아시아에서 불어온 바람으로 유럽과 미국을 휩쓸겠다는 최치우의 비전은 꽤 빨리 구체화되고 있었다.

"싸부—!"

그때 리키의 호들갑스러운 목소리가 울렸다.

헤라클레스의 리더인 리키는 올림푸스에서 너무 중요한 인물로 급부상했다.

천방지축 통제 불가능한 파이트 클럽의 비공식 최강자는 머나먼 과거다.

오늘날 리키는 아프리카 남부 최강의 무장단체인 헤라클레스를 이끄는 사신(死神)으로 통한다.

레게 머리 사신이 등장하면 피바람이 몰아친다는 건 아프리카 남부의 상식이 됐다.

최치우를 제외하면 지구에서 가장 강한 인간인 리키는 남아공 생활에 만족하고 있었다.

흑인 혼혈인 리키의 뿌리는 아프리카 어딘가일 것이다.

고향의 대지에서 강한 남자들과 부대끼며 사선을 넘나드는 삶.

평범한 사람은 이해할 수 없겠지만, 이거야말로 리키가 바라던 이상적인 인생이었다.

"리키, 실리콘밸리에 다녀오더니 기운이 더 강성해졌군요."

최치우는 리키의 변화를 직감했다.

퓨처 모터스 공장을 지키러 실리콘밸리에 파견을 나갔던 리키는 한층 강해졌다.

물론 그 비결은 최치우에게서 나온 것이었다.

"사부가 가르쳐 준 수법, 실리콘밸리에서 죽어라 했어요. 연습, 또 연습. 그 동네에선 할 게 없어서!"

리키는 최치우가 가르쳐 준 금강나한권 초식을 꾸준히 수련하고 있었다.

남아공 광산 지대에 비해 평온한 실리콘밸리에서 몇 단계 성취를 거둔 모양이다.

최치우는 미소를 지으며 고개를 끄덕였다.

"리키는 지금보다 더 강해질 수 있습니다. 한계를 설정할 필요는 없어요. 리키가 강해지는 만큼, 헤라클레스도 강해지는 거니까."

"예썰─! 사부가 시킨 대로만 하면 강해진다는 트러스트, 믿음이 생겼어요."

"좋아요. 그동안 헤라클레스가 얼마나 달라졌는지 한번 봅시다."

"서프라이즈하게 해줄게요, 사부."

리키의 표정이 자신만만하게 변했다.

최치우는 유은서를 안전한 케이프타운에 남겨두고 혼자 왔다.

그렇기에 헤라클레스의 전력을 마음 편히 볼 준비가 되어 있었다.

"레디?"

리키는 몸을 돌리며 짧게 외쳤다.

그를 기다리고 있던 수백 명의 대원들은 입 밖으로 목소리를 내지 않았다.

대신 전투력을 보여줄 준비가 됐다는 눈빛을 날카롭게 쏠 뿐이었다.

최치우는 헤라클레스의 규모와 기운 모두가 마음에 들었다.

이만하면 일부 병력을 케냐로 차출해 아프리카 중부의 게릴라 반군과 싸워도 충분할 것이다.

"고!"

리키가 포효하자 헤라클레스 대원들이 순식간에 산개하며 전투대형을 만들었다.

수백 명의 건장한 남성들이 일사불란하게 움직이는 모습은 장관이었다.

난전에 적합한 형태로 엄호조와 사격조, 돌격조를 만드는 게 몸에 익은 것 같았다.

최치우는 팔짱을 끼고 만족스러운 얼굴로 헤라클레스의 훈련을 감상했다.

아프리카 남부에서 중부로 빛을 밝히는 것, 그와 동시에 UN의 네오메이슨을 소탕하며 불법 거래 기업을 솎아내는 것.

어둠을 걷어내고 아침을 맞이하는 여명 작전이 시작됐다.

최치우는 남아공 국경에서 헤라클레스의 위용을 직접 보며 여명이 밝아오고 있음을 느꼈다.

*   *   *

최치우의 아프리카 방문은 성공적이었다.

당장 눈에 보이는 결과가 뚝 떨어진 것은 아니다.

하지만 과정의 측면에서 긍정적인 신호를 많이 받았다.

특히 새롭게 UN 사무총장이 된 알렉산드로 마커스가 네오메이슨이 아니란 걸 확인한 게 가장 큰 소득이었다.

알렉산드로 총장은 유은서가 만든 네오메이슨 리스트를 무척 심각한 위협으로 받아들였다.

UN 내부에 다른 뜻을 품은 스파이들이 뿌리를 내렸고, 불법적인 금융거래를 돕고 있다.

중립적이고 깨끗한 UN을 위해 미국 정부와도 맞서 싸운 알렉산드로 총장은 이런 사태를 절대 용납할 수 없었다.

이대로 가면 UN의 신뢰도는 바닥으로 추락하게 될 것이다.

안 그래도 국제사회에서 UN은 허수아비가 아니냐는 비판을 종종 듣는다.

만약 안에서부터 썩어빠진 UN을 바로잡지 못하면 세계정부라는 자부심은 비아냥으로 바뀔 것 같았다.

최치우는 UN의 꼭대기에서 아래로 찍어 누르는 방식을 선택했다.

미국 정부를 통했다면 훨씬 더 오랜 시간이 걸렸을 것이다.

실제로 마이크 페인스 부통령이 미국 정부의 실세로 떡하니 버티고 있다.

최치우는 마이크 부통령이 네오메이슨이란 사실을 아직 모르지만, UN이라는 중립적인 기관에 리스트를 넘긴 것은 탁월한 결정이었다.

UN에서 대대적인 조사에 착수하면 미국 부통령도 힘을 쓰기 어렵다.

UN이 미국의 영향을 받는 것은 공공연한 비밀이지만, 그래도 엄연히 독립적인 국제기구이다.

게다가 알렉산드로 총장은 반전 행보를 거듭한 강경파로 알려져 있다.

마이크 부통령이 어설프게 회유나 협박을 시도했다간 어마어마한 스캔들이 터질 것이다.

최치우는 뜨거운 폭탄을 알렉산드로 총장에게 넘겼다.

이제 그 폭탄을 언제 어떻게 터뜨릴지 지켜보는 일만 남았다.

물론 알렉산드로 총장이 대충 폭탄을 숨기지는 않을 거라고 확신했다.

케냐에서 만난 그는 네오메이슨 리스트를 둘러싼 사건의 전말을 듣고 진심으로 분노했다.

절대 연기가 아니었다.

UN이 강대국과 네오메이슨의 놀이터가 됐다는 사실에 온몸을 부들부들 떨었다.

북유럽 출신의 꼬장꼬장한 원칙주의자가 화를 내면 무슨 일이 벌어지는지 세상은 곧 알게 될 것이다.

최치우는 한국에서 머지않아 벌어질 빅 이벤트를 기다리며 차근차근 포석을 놓았다.

알렉산드로 총장이 UN 개혁을 위해 숨을 고르는 동안 놀고 있을 순 없다.

여명 작전은 한국과 뉴욕, 아프리카에서 어둠을 밝히는 원대한 비전이다.

최치우도 바쁘게 움직이는 것이 당연하다.

그는 먼저 여러 일을 추진하기 위해 모교인 S대를 찾았다.

모교에서 최치우가 가장 처음 만난 사람은 김도현 교수가 아닌 공대 학과장이었다.

"학과장님, 이제 제가 휴학을 할 수 있는 기간도 한계에 다다랐습니다."

"그거야 얼마든지 학교에서 재량권을 발휘할 수 있습니다, 최 대표님."

올해 초 새롭게 부임한 학과장은 최치우를 어려워했다.

원래 졸업을 안 하고 장기 휴학하는 학생은 대학의 골칫덩이다.

하지만 최치우는 완전히 달랐다.

그가 S대 공대와 에너지자원공학과에 투자한 돈은 액수를 따지기 힘들 정도다.

공학관 건물이 반짝반짝 빛나게 리모델링된 것은 모두 올림푸스 덕분이었다.

게다가 최치우는 매년 거액의 장학금을 쾌척한다.

김도현 교수와 함께 미래에너지 탐사대라는 세계적인 수준의 연구 단체도 이끌고 있다.

무엇보다 최치우는 S대 공대 역사상 최고의 자랑이었다.

소울 스톤 발견으로 노벨상 수상이 점쳐지기도 했지만, 마땅한 분야가 없어서 상을 주지 못했다는 후문이 돌 지경이었다.

그만큼 압도적인 이력을 계속해서 쓰고 있는 학생을 붙잡고 싶은 게 인지상정이다.

그러나 최치우는 마음을 단단히 먹고 왔다.

"특혜를 받을 수는 없습니다. 자퇴를 해도 저는 영원히 S대 에너지자원공학과 학생입니다, 학과장님."

"그래도……."

"올림푸스에서 학교에 지원하는 금액과 장학금은 줄어들지 않을 겁니다. 아니, 매년 늘릴 계획입니다."

"총장님도 그렇고 학생들도 많이 서운하게 생각할 것 같습니다. 한 번만 더 고민해 주면 안 되겠습니까?"

나이 지긋한 학과장이 학부 휴학생 최치우에게 통사정을 하고 있었다.

최치우도 학과장의 입장을 이해했다.

부임한 지 얼마 안 됐는데 최치우가 자퇴를 하면 상당히 부담스러울 것이다.

최치우는 학과장을 달래듯 천천히 말했다.

마치 교수와 학생 입장이 뒤바뀐 것처럼 보였다.

"자퇴 결정은 번복하기 어려울 것 같습니다. 대신 학교에서 원하는 것들은 최대한 협조하겠습니다."

"알겠습니다. 그럼 명예졸업장을 받고 학기에 한 번 정도 특강을 해주는 건 어떠십니까?"

학과장이 파격적인 제안을 했다.

사회적인 명사가 되면 명예졸업장을 발부하는 경우가 가끔 있다.

그러나 학부 1년을 마치고 휴학을 한 졸업생이 자퇴를 하자마자 명예졸업장을 받은 적은 한 번도 없었다.

그만큼 무리수를 두면서 최치우를 S대 공대 사람으로 단단히 붙잡고 싶은 학교의 입장이 느껴졌다.

학과장 혼자만의 생각은 아닐 것이다.

이미 최치우가 학교를 떠날 때를 가정하고 총장과 논의를 마친 것 같았다.

최치우는 고개를 끄덕였다.

1년 조금 넘게 학교를 다닌 게 전부지만, 모교에 대한 애정은 무척 깊었다.

S대에서 김도현 교수를 비롯해 이시환과 백승수, 그리고 유은서를 만났기 때문이다.

에너지자원공학과는 최치우의 첫 번째 둥지였다.

단순히 현대만의 이야기가 아니다.

7번의 환생, 8개의 차원을 통틀어 처음으로 발견한 홈그라운

드가 바로 S대 에너지자원공학과였다.

"학과장님 말씀대로 하겠습니다."

"정말 감사합니다, 대표님. 그럼 명예졸업장 수여식을 준비하겠습니다. 아울러 이후 특강도 일정에 방해되지 않는 선에서 추진하겠습니다."

"네, 저희 비서 팀에 최대한 학교 측 일정을 배려하라고 지시를 해놓겠습니다."

"총장님께서도 매우 기뻐하실 것 같습니다."

"그렇다면 다행이네요."

최치우는 미소를 짓고 학과장과 악수를 나눴다.

이런 식의 정치적인 이벤트도 중요하다.

거추장스럽고 귀찮은 일이지만, 최치우는 자신이 쓰고 있는 왕관의 무게를 외면하지 않았다.

화려한 왕관을 쓰기 위해서는 그 무게도 견뎌야 하는 법이다.

더군다나 사랑하는 모교의 일이기에 기꺼이 감내할 수 있었다.

최치우는 자퇴를 하려다 졸지에 명예졸업생이 됐다.

뿐만 아니라 유명 교수들처럼 학생들에게 특강도 해주기로 약속했다.

보나마나 최치우의 특강은 대강의실을 가득 채우고도 남을 만큼 인산인해를 이룰 것이다.

공대를 넘어 S대 최고의 인기 특강이 될 것 같았다.

"그럼 이만 일어나 보겠습니다, 학과장님."

"다음에는 총장님과 같이 식사라도⋯⋯."

"그래야죠."

"감사합니다. 조심히 가십시오!"

학과장이 자리에서 일어나 최치우를 배웅했다.

그가 오버를 하는 것 같지만, 사실 최치우는 말 한마디로 S대 학과장을 바꿀 수 있는 거물이 됐다.

마음만 먹으면 총장도 얼마든지 갈아치울 수 있다.

정제국 대통령을 청와대에 보낸 일등 공신이 최치우라는 사실은 더 이상 새로울 것도 없는 비밀이었다.

한참 어린 최치우 앞에서 절절매는 학과장의 태도가 당연하다면 당연한 것이다.

'새로운 짐을 떠안았지만, 어쨌든 숙제 하나는 해결했다.'

학생 신분을 벗어던진 최치우는 가벼운 마음으로 복도를 걸었다.

모교의 후배들은 최치우를 알아보고도 과하게 반응하지 않았다.

최치우가 나타나면 최대한 편하게 모른 척하는 게 S대의 불문율로 자리 잡았기 때문이다.

물론 멋모르는 신입생들이 환호성을 지르고, 몰래 사진을 찍는 학생들도 있지만 이만하면 양반이다.

다른 학교에 최치우가 나타나면 복도가 마비돼서 걷기도 힘들 게 분명하다.

최치우는 후배들의 배려를 느끼며 기분 좋게 걸음을 옮겼다.

학과장실을 나온 그는 미래에너지 탐사대의 연구실로 향했다.

진짜 중요한 이야기는 김도현 교수와 나눌 예정이었다.

아프리카 중부에 깃발을 꽂을 여명 작전, 그 핵심은 역시 소울 스톤이다.

최치우는 황량한 아프리카를 바꿔놓을 계획을 세웠다.

똑똑—

연구실 문을 두드리는 노크 소리와 심장박동이 같은 리듬으로 공명하고 있었다.

*   *   *

"케냐에 소울 스톤 발전소를 세우기로 결정을 내린 건가요?"

김도현 교수가 목소리를 낮추며 물었다.

굳이 작게 말할 필요가 없었다.

미래에너지 탐사대 연구실은 방음과 보안에 있어 완벽을 추구했다.

수많은 교수들이 이곳에서 연구를 하고 있지만, 김도현 교수의 집무실에서 나눈 대화가 새어나갈 염려는 없다.

그럼에도 목소리를 낮춘 건 워낙 중대한 사안이기 때문이다.

첫 번째 발전소는 대한민국 광명, 그리고 두 번째 발전소는 독일 라이프치히에 지어지고 있다.

전 세계는 세 번째 소울 스톤 발전소가 어디에 세워질지 촉

각을 곤두세울 수밖에 없다.

소울 스톤 발전소 유치 여부에 따라 친환경 에너지 발전량 증가는 물론이고, 특정 국가의 에너지산업 방향성이 크게 바뀐다.

한국이 대체에너지 시대로 달려가는 첫걸음을 뗐고, 독일이 유럽에서 깃발을 올렸다.

그 대가로 올림푸스는 막대한 이권을 보장받았다.

특히 독일에서는 퓨처 모터스가 전기차 보조금을 받도록 법까지 바꿨다.

소울 스톤을 눈독 들이는 국가도 많고, 어떤 조건으로 계약을 할지도 초미의 관심사였다.

그런데 난데없이 아프리카 케냐라니.

케냐는 아프리카 중부에서 가장 중요한 국가이다.

하지만 유럽과 북미, 그리고 아시아의 선진국들과 비교하면 인프라부터 재정까지 열악하다.

비교를 하는 것조차 무리인 상황이다.

당연히 많은 사람들이 미국이나 중국, 또는 인도에 세 번째 발전소가 들어설 거라고 예상했다.

미래에너지 탐사대의 김도현 교수도 예외는 아니었다.

"치우 군이 어떤 의중으로 케냐를 선택했는지 잘 이해가 안 되네요."

김도현 교수는 솔직한 심정을 털어놓았다.

최치우와 그는 서로 숨길 게 없는 사이다.

"당장은 케냐 정부로부터 받을 수 있는 게 많지 않을 겁니다."

"만약 미국이나 중국에 발전소를 짓는다면… 올림푸스의 시가총액은 또 한 번 가파르게 치솟을 거예요, 치우 군."

"현실적으로는 그게 맞겠죠. 하지만 교수님, 올림푸스는 미래를 여는 기업 아닙니까."

최치우가 진지한 얼굴로 김도현 교수를 빤히 쳐다봤다.

이미 세 번째 발전소를 위한 소울 스톤은 확보된 상태다.

콜로라도의 카이오와 그랜드 파크에서 소멸시킨 상급 대지의 정령 노하임.

최치우는 아프리카 출장을 떠나기 전 노하임의 소울 스톤을 김도현 교수에게 전달했다.

연구 과정에서 소울 스톤이 파괴될 가능성도 있지만, 김도현 교수는 연이은 성공으로 노하우를 쌓았다.

노하임의 소울 스톤에서 에너지를 추출하게 되면 곧장 세 번째 발전소를 지을 수 있다.

"아프리카는 개발이 시급한 대륙입니다. 그러나 남아공과 케냐 같은 중심 국가는 무분별한 난개발의 부작용을 심하게 겪고 있습니다. 우리나라의 60년대, 70년대와 비교해도 정도가 지나칩니다. 천혜의 자연을 지닌 원시 대륙이 공장에서 내뿜는 검은 연기로 뒤덮이고 있습니다."

"그건… 후발 주자인 개발도상국의 숙명이지요. 브라질도, 인도도 피해갈 수 없는."

"소울 스톤 발전소가 들어서면 그 숙명을 극복할 수 있습니다."

"하지만 발전소 하나로는······."

김도현 교수가 우려의 뜻을 접지 않았다.

소울 스톤 발전소는 대도시를 먹여 살릴 수 있지만, 국가 단위를 커버하지는 못한다.

하물며 드넓은 아프리카 대륙 전체라면 말할 것도 없다.

그러나 최치우는 확신에 찬 얼굴이었다.

"아프리카에는 상징이 필요합니다. 소울 스톤 발전소는 그들도 환경을 보존하며 개발할 수 있다는 걸 알리는 상징이 될 겁니다. 그로 인해 케냐뿐 아니라 남아공, 나이지리아, 가나와 같은 국가들도 자극을 받고, 아프리카에 투자를 하는 외국자본의 고민도 깊어지겠죠."

"치우 군이 무슨 말을 하는지 이제 조금 알겠네요. 그렇다면 우리는 무엇을 얻을 수 있지요? 미국과 중국을 마다하고 케냐에 발전소를 지어서 올림푸스의 가치를 그만큼 끌어올릴 수 있나요?"

김도현 교수는 송곳처럼 날카로운 질문을 던졌다.

최치우는 올림푸스라는 글로벌기업의 오너이자 CEO다.

아무리 거창한 대의를 앞세워도 올림푸스의 이익을 외면할 수는 없다.

씨익—

그 순간, 최치우의 입꼬리가 호선을 그렸다.

현실적인 대안도 준비했다는 자신만만한 표정이었다.

"더 큰 그림, 더 먼 미래를 봐주세요. 지구의 자원은 고갈되고, 인구는 감당하기 힘들 만큼 늘어나고 있습니다."

"인구절벽이 심각한 문제이긴 하지만……."

"아프리카는 지구에 남은 마지막 기회의 땅입니다. 중국이 아프리카 투자에 열을 올리는 이유가 무엇일까요?"

최치우는 없는 말을 지어내지 않는다.

중국 정부가 아프리카 여러 국가에 위안화를 미친 듯이 뿌려대는 건 어제오늘 일이 아니다.

"중국에게, 또는 미국의 금융자본에게 저만한 기회의 땅을 내줄 수는 없습니다. 남아공의 광산, 케냐의 발전소를 기점으로 올림푸스가 아프리카의 산업과 정치, 그리고 군사력까지 차근차근 장악하는 겁니다."

최치우는 당장의 수익을 능가하는 미래의 가능성을 설파하고 있었다.

그가 마음먹고 꿈을 풀어내면 당해낼 사람이 없다.

김도현 교수는 살짝 처진 안경을 콧대 위로 올리며 고개를 끄덕였다.

최치우는 5년, 10년이 아닌 미래의 역사를 점치고 있었다.

다가올 인류 전체의 위기 앞에서 아프리카는 구세주 같은 역할을 할 것이다.

그때를 대비하며 영향력을 늘리는 것, 그게 바로 여명 작전의 핵심이다.

웬만한 수재라고 해도 감히 상상하기 힘든 어마어마한 스케일의 사고와 결단력이었다.

"치우 군이 가져온 새로운 소울 스톤에서 에너지를 추출할 수 있도록… 그저 최선을 다해야겠지요."

"교수님만 믿겠습니다. 늘 그렇듯이."

최치우는 김도현 교수가 노하임의 소울 스톤을 성공적으로 다룰 거라 믿었다.

성공을 가정하고 이시환이 케냐의 장관을 만나러 갈 것이다.

그와 비슷한 시기에 알렉산드로 사무총장의 UN 정상화 작업도 시작될 것 같았다.

어둠을 몰아내고 새벽을 불러오는 최치우의 여명이 지구 곳곳에서 기지개를 켜고 있었다.

3장

반전의 시작

알렉산드로 총장이 칼을 빼 들었다.

케냐에서 최치우와 유은서를 만나고 뉴욕으로 돌아간 그는 한동안 잠잠했다.

오죽하면 최치우가 알렉산드로 총장의 결심을 의심할 정도였다.

그러나 알렉산드로 총장은 그저 시간을 흘려보낸 게 아니었다.

UN 내부에서 은밀하게 감찰단을 조직하고, 유은서가 만든 네오메이슨 리스트의 진위 여부를 판단했다.

그렇게 대략 한 달 가까운 시간이 흘렀다.

3월이 끝나갈 무렵, 겨울의 기운을 완전히 벗어던진 날씨가 본격적으로 더워지기 직전이었다.

뉴욕의 UN 본부에서 날아온 소식이 전 세계를 강타했다.

알렉산드로 총장은 긴급 기자회견을 열고, 본인이 직접 카메라 앞에 섰다.

UN 사무총장의 갑작스러운 기자회견은 논란거리가 될 수밖에 없다.

우리나라 방송사들도 부랴부랴 생중계 일정을 잡았다.

뉴욕과의 시차 때문에 알렉산드로 총장의 기자회견은 캄캄한 밤에 중계된다.

그래도 이만한 뉴스를 놓칠 수는 없었다.

최치우는 여의도의 펜트하우스에서 맥주 한 캔을 따고 TV 앞에 앉았다.

푹신한 가죽 소파에 비스듬히 기대 알렉산드로 총장이 나오기만 기다렸다.

마치 새로 개봉하는 할리우드 영화를 보기 위해 줄을 선 기분이었다.

"드디어 나오는군."

그때 카메라 화면에 알렉산드로 총장의 모습이 보였다.

UN의 직원들을 대동하고 기자회견장에 나타난 그는 딱딱하게 굳은 얼굴이었다.

원래도 포커페이스로 유명하지만 오늘은 더했다.

뭔가 대단히 중대한 결심을 굳힌 사람의 표정이었다.

UN 본부의 기자실에 모여든 세계 각국의 방송사는 알렉산드로 총장의 일거수일투족을 놓치지 않았다.

 —먼저 예고 없는 기자회견임에도 불구하고 UN에 관심을 보여준 여러분들에게 감사를 드립니다.

알렉산드로 총장은 마이크 앞에서 의례적인 인사로 회견을 시작했다.

지금 이 시각, 수많은 사람들이 숨죽이며 UN 본부를 주시하고 있었다.

최치우처럼 기대감을 품은 채 생중계를 지켜보는 사람도 있고, 초조함을 느끼는 사람들도 있을 것이다.

 —저는 오늘 UN 사무총장으로서 중대한 결심을 내렸습니다. 바로 UN 본부와 지부에서 143명의 직원들을 해고하는 서류에 사인을 했습니다.

시작부터 폭탄 발언이었다.

최치우는 맥주 캔을 내려놓고 고개를 앞으로 내밀었다.

입가에는 자연스레 미소가 걸렸다.

'내가 사람을 잘못 보지 않았어.'

케냐에서 만났던 알렉산드로 총장의 모습은 연기가 아니었다.

그가 한 달의 조사 끝에 빼 든 칼은 날카롭게 적의 숨통을 자르고 있었다.

─143명의 직원들은 UN 소속이지만 부정한 세력과 결탁하여 내부정보를 유출하거나 탈세, 횡령, 자금세탁 등 불법 거래를 알선했습니다. 이를 증명할 수 있는 자료를 확보했고, FBI와 인터폴에 해당 자료를 제출할 예정입니다.

충격의 연속이었다.

현장에 나가 있는 기자들은 반쯤 넋을 놓았다.

예상보다 훨씬 강한 수위의 발표가 베테랑 기자들의 혼을 쏙 빼놓았다.

그런데 여기서 끝이 아니었다.

알렉산드로 총장은 더 할 말이 남은 듯 잠시 뜸을 들였다.

지이잉─

수많은 카메라가 줌을 당겨 알렉산드로 총장의 얼굴을 클로즈업했다.

무표정한 것처럼 보이는 그의 얼굴에 담긴 고뇌와 고민의 흔적이 HD 화면에 잡혔다.

생중계를 시청하는 다양한 국적의 사람들은 또 어떤 폭탄 발언이 쏟아질지 기다렸다.

월드컵 결승 승부차기보다 더 긴장감 넘치는 순간이었다.

아마 인기 스포츠 중계를 제외하면 알렉산드로 총장의 기자회견 시청률은 전 세계 최고치를 기록할 것 같았다.

—UN은 해고 대상자 143명의 불법적인 활동 내역을 조사하는 과정에서 특정 기업이 조직적으로 개입한 사실도 알아냈습니다. 미국 내 기업 6곳은 대규모 자금세탁과 탈세의 도구로 UN을 이용했습니다. 이토록 대담한 범죄행위를 UN은 결코 좌시하지 않을 것입니다.

장내가 잠잠해졌다.
단순한 폭탄 발언이 아니기 때문이다.
알렉산드로 총장은 UN의 아픈 구석을 스스로 드러내며 개혁 의지를 불태웠다.
이윽고 그가 자신을 찍는 카메라들을 똑바로 쳐다보며 말했다.

—제가 사무총장으로 취임한 후 UN을 향한 여러 비판의 목소리에 귀를 기울였습니다. UN이 세계시민을 대변하지 않고, 특정 강대국과 대기업의 편의를 봐주는 유명무실한 기구가 아니냐는 비판은 뼈아팠습니다. 우리 UN의 부족한 모습을 인정합니다. 그러나 이제부터 달라지겠습니다. 뼈를 깎는 노력과 개혁을 통해 세계시민들이 믿을 수 있는 국제기구로 거듭날 것입니다. 143명의 직원들을 해고하고 관련 기업을 밝힌 것은 UN 개혁의 시작입니다. 향후 FBI 고발과 국제 소송을 통해 불법의 책임을 끝까지 묻겠습니다. 어떠한 책임도 사무총장인 제가 지

졌습니다. 마지막으로…….

핵폭탄급 발표에 이어 감동적인 반성문을 읽은 알렉산드로
총장이 말끝을 흐렸다.

웬일로 조금 머뭇거린 그가 말을 이어갔다.

—UN의 썩은 부분을 도려낼 수 있도록 조언과 도움을 아끼지
않은 올림푸스의 치우 최에게 진심으로 감사를 표합니다. 덕분에
UN은 다시 새로워질 것입니다. 그럼 이것으로 기자회견을 마치
겠습니다.

TV를 지켜보던 최치우도 적잖이 놀랐다.

설마 알렉산드로 총장이 자기 이름을 언급할 줄은 몰랐기
때문이다.

사상 초유의 개혁안을 발표한 알렉산드로 총장은 최치우에
게 공을 돌렸다.

유은서는 UN 직원이기에 이름을 말하지 않은 것 같았다.

"강단이 있는 양반이야. 제대로 사고를 쳤군."

최치우는 피식 웃음을 터뜨리며 TV를 껐다.

기자들이 질문 세례를 쏟아냈지만 알렉산드로 총장은 유유
히 사라졌다.

모든 입장을 밝혔기에 추가질문을 받는 게 무의미하다고 여
기는 것 같았다.

어차피 FBI와 인터폴에 자료를 넘기면 알렉산드로 총장의 발표가 사실인지 차차 입증될 것이다.

"칼을 휘두를 줄 알았는데 대포를 쐈어."

최치우는 알렉산드로 총장의 기자회견을 높이 평가했다.

해고당한 143명이 전부일지는 모르지만, UN 내부의 네오메이슨 조직원을 상당수 걷어낸 것은 분명하다.

게다가 치부를 드러내면서 UN이 탈세와 자금세탁 통로로 이용된 것을 인정했다.

알렉산드로 총장이 말한 미국 내 기업 6곳은 모두 네오메이슨 소유일 것이다.

만약 FBI가 해당 기업의 자금을 동결하면 네오메이슨은 엄청난 타격을 받게 된다.

기껏 독일에서 자산을 매각하고, 복잡한 절차를 거쳐 돈세탁을 한 게 무의미해진다.

"UN 내부의 네오메이슨을 소탕했고, 주요 기업의 자금까지 동결시키는 데 성공하면… 팔 하나는 잘랐다고 생각해도 되겠다."

최치우의 입가에 떠오른 미소가 더욱 짙어졌다.

미국 정부가 아닌 UN을 공략해 네오메이슨을 치는 작전이 100%, 아니, 200% 먹혔다.

여명 작전의 첫걸음부터 밝은 빛이 쏟아지고 있었다.

우웅— 우우웅— 우우우웅—

늦은 시간임에도 최치우의 스마트폰이 쉴 새 없이 울리기 시작했다.

알렉산드로 총장의 생중계를 지켜본 기자들이 전화를 거는 것이다.

대체 UN에 어떤 도움을 줬고, 어떻게 내부의 부정부패를 밝혀낼 수 있었는지.

기자들 입장에서는 궁금한 게 넘칠 수밖에 없다.

국민들도 마찬가지다.

올림푸스와 퓨처 모터스를 경영하느라 바쁜 최치우가 UN의 썩은 부분을 도려내는 데 결정적인 공을 세웠다.

그것도 UN 사무총장이 직접 최치우의 이름을 거론하며 고마움을 표현했다.

영화로 만들어도 비현실적인 일이 생중계로 증명된 것이다.

삐빅!

최치우는 전화를 받지 않고 스마트폰 전원을 꺼버렸다.

전 세계적인 관심을 누구보다 자주, 많이 받아본 사람이 바로 최치우다.

그는 이럴 때 어떻게 행동해야 하는지 잘 알고 있었다.

굳이 나서서 이런저런 말을 하지 않는 것, 궁금증을 더욱 커지게 만드는 것.

관심에 휘둘리지 않고 해야 할 일을 묵묵히 해내는 것.

말처럼 쉽지 않은 일이지만 이게 정답이다.

스마트폰을 끈 최치우는 드넓은 거실을 가로질러 침실로 향했다.

오늘 밤은 기분 좋게 잠들 수 있을 것 같았다.

                    *   *   *

푹 자고 일어난 아침, 최치우는 아프리카에서 걸려온 국제전
화를 받았다.

밤새 꺼뒀던 폰을 켜자마자 수백 통의 부재중전화가 최치우
를 반겼다.

하지만 모두 무시하고 시간을 맞춰 걸려온 이시환의 전화만
받았다.

"어떻게 됐어?"

─너가 케냐로 오면 내일 당장에라도 대통령이 일정 다 취소
하고 만날 기세야.

이시환의 목소리가 시원시원하게 들렸다.

그는 올림푸스의 특사로 케냐 정부를 방문했다.

요아힘 마빈 전 총장이 다리를 놓아줬고, 최치우가 여명 작
전의 2단계로 케냐를 선택했기 때문이다.

"구체적인 반응은?"

최치우는 들뜨지 않았다.

어차피 케냐 입장에서는 올림푸스의 투자를 대대적으로 반
길 수밖에 없다.

문제는 조건이다.

올림푸스는 당장의 수익보다 미래를 바라보고 남아공, 케냐

를 비롯한 아프리카에 투자를 하고 있다.

그렇지만 현실적인 조건을 무작정 외면할 수는 없다.

어느 정도 실리는 맞춰가며 투자를 진행해야 한다.

절대 손해는 안 보게 만드는 것.

그것은 글로벌 대기업이자 주식회사를 이끄는 CEO의 책임과 의무다.

─우리도 비장의 카드를 오픈하지 않았으니 구체적인 조건을 듣긴 힘들었어. 그치만 단순히 간만 보는 느낌은 아냐. 지금 케냐 대통령 지지율이 간당간당한 건 알고 있지?

"그래? 정치적 위기인가."

─응, 그래서 돌파구가 필요한데 우리가 투자하거나 소울 스톤 발전소를 지으면 대박인 거지. 대통령이 목숨 걸고 우리 쪽 조건 다 맞춰주려고 할걸.

이시환의 설명을 들으니 케냐 상황이 생생하게 그려졌다.

최치우는 만족스러운 표정을 지었다.

확실히 이시환을 남아공 본부장으로 보내놓은 보람이 느껴졌다.

이시환은 미처 알기 힘든 아프리카 국가의 내밀한 사정을 속속 알고 있었다.

덕분에 최치우가 중요한 판단을 내리는 데 아주 큰 도움이 됐다.

"형이 책임지고 그쪽 대통령이랑 미팅 일정 잡아줘."

─요아힘 전 총장을 통하지 않고?

"장관이랑 만나게 다리를 놔줬으니 그걸로 충분해. 여기서 더 부탁하면 나중에 갚아줄 게 너무 많아져."

—오케이, 접수 완료. 대표님 분부대로 하겠습니다.

"하나만 더. 우리가 소울 스톤 발전소를 케냐에 지어주면 남아공 정부에서 서운하게 생각하지 않을까?"

—사실 그럴 가능성이 크지. 사람 마음이라는 게…….

"남아공의 섭섭함을 풀어주는 것도 형 역할이니까, 믿고 맡긴다. 그래도 되겠지?"

—월급쟁이는 위에서 까라면 까야지. 이번에 새로 개발한 광산 두 곳에서 나는 수익을 남아공 정부에 뿌리면서 무마해 볼게.

"그 정도면 나쁘지 않네. 남아공 정부가 눈엣가시로 생각하는 게릴라 반군 정보도 추려줘. 헤라클레스를 움직여서 대신 소탕해 주면 고마워할 테니까."

—라져.

"고생해."

최치우는 웃음기 띤 얼굴로 전화를 끊었다.

서로 장난스럽게 농담하듯 대화를 주고받았지만 내용은 결코 가볍지 않았다.

그야말로 세상을 움직이는 이야기였다.

최치우는 케냐에 대대적인 투자를 하기로 결정했다.

설령 노하임의 소울 스톤이 연구 과정에서 박살 나도 상관없다.

당장 발전소는 못 지어도 다른 시설 투자는 추진할 수 있다.

어떻게든 케냐를 교두보로 삼아 아프리카 중부를 장악할 것이다.

그 과정에서 아프리카 남부의 핵심 파트너인 남아공도 챙겨줘야 한다.

어려운 미션이지만 올림푸스는 정해진 목표를 향해 흔들림 없이 질주하고 있다.

딩동댕동— 딩동댕동—

그때였다.

초인종 소리가 거실을 울렸다.

최치우가 사는 여의도 펜트하우스는 아무나 벨을 누를 수 없다.

경비실에 신분증을 맡기고 이중, 삼중의 보안 절차를 거쳐야 겨우 초인종이라도 누를 수 있다.

그만큼 철저하게 프라이버시를 지켜주는 것이다.

그런데 이른 아침부터 벨을 누르는 손님이 있다니, 최치우는 고개를 갸웃거리며 인터폰을 확인했다.

"어?"

인터폰 화면을 본 그는 눈을 크게 떴다.

유은서의 새하얀 얼굴이 화면 위로 떠올랐기 때문이다.

삑!

얼른 열림 버튼을 누른 그는 현관문 앞에서 유은서가 도착하길 기다렸다.

예정에 없는 방문이라 약간 얼떨떨했지만, 그녀가 아침부터 찾아왔다는 게 마냥 반가웠다.

"서프라이즈!"

펜트하우스 전용 엘리베이터에서 내린 유은서가 두 팔을 앞으로 내밀었다.

그녀의 두 손 위에 도시락이 올려져 있었다.

"진짜 깜짝 놀랐어."

"방해한 거 아니지?"

"아냐, 어차피 사무실에 늦게 나가려고. 일찍 가봤자 기자들이 귀찮게 할 거 같아서."

최치우는 어젯밤 알렉산드로 총장의 기자회견 때문에 또다시 전 세계 주요 뉴스를 장식했다.

온갖 방송사와 언론사들은 이미 최치우가 어떻게 UN 개혁에 도움을 줬는지 상상의 시나리오를 쓰고 있었다.

보나마나 올림푸스 여의도 본사는 취재진들로 장사진을 이루고 있을 것이다.

"치우 너랑 소소하게 축하 파티라도 하고 싶어서 왔어. 아침 안 먹었지?"

"안 그래도 배고팠는데 잘됐다. 일단 들어와."

"집에는 처음이네."

"그러게."

최치우와 유은서가 서로를 바라보며 웃었다.

알렉산드로 총장이 UN 내부의 네오메이슨 143명을 숙청하면서 유은서도 걱정 없이 뉴욕으로 돌아갈 수 있게 됐다.

서로 떨어지는 건 아쉽지만, 충분히 축하할 일이다.

최치우는 유은서가 손수 만든 도시락을 함께 먹으며 승리의 기쁨을 즐겼다.

네오메이슨의 팔다리를 잘랐으니 이제부터 더 치열한 싸움이 계속될 것이다.

그러나 오늘 하루는 편하게 승리를 만끽해도 될 것 같았다.

　　　　　*　　　　　　　*　　　　　　*

UN과 올림푸스는 무자비한 포식자 같았다.

알렉산드로 총장과 최치우는 공통의 목표를 가지고 손을 잡았다.

기자회견 이후 UN 내부의 숙청 작업은 화끈하게 진행됐다.

뜸을 들이고 말 것도 없었다.

한 번에 143명의 직원을 해고한 것부터 UN 역사상 유례가 없는 개혁이다.

하지만 해고는 시작에 불과했다.

알렉산드로 총장은 기자회견에서 밝힌 것처럼 그들을 FBI와 인터폴에 고발했다.

사안이 워낙 중대한 만큼 곧장 수사가 시작됐고, 143명의 직원들은 모조리 출국 정지를 당했다.

물론 멕시코 국경을 이용해 도피할 수도 있다.

그러면 자신이 부정부패를 저지른 스파이라는 사실을 증명하는 셈이다.

네오메이슨 입장에서는 치가 떨리는 일이었다.

143명 중 누군가 수사를 받는 과정에서 무슨 이야기를 할지 모른다.

네오메이슨은 마치 종교 집단처럼 충성심으로 무장한 세력이다.

그렇지만 사람 일은 장담할 수 없다.

궁지에 몰리면 조직을 배신하는 것은 그리 놀라운 일이 아니다.

비밀스럽게 운영되는 네오메이슨의 실체가 단번에 탄로 나진 않을 것이다.

그러나 가랑비에 옷 젖는 법이라고 했다.

이렇게 비밀이 알려지고, 조금씩 꼬리가 잡히다 보면 언젠가 몸통이 걸리게 마련이다.

독일 라이프치히 테러 사건에서부터 시작된 최치우의 집념, 그리고 유은서와 함께 만들어낸 뜻밖의 수확까지.

올림푸스와 UN의 협공으로 인해 네오메이슨은 사면초가의 위기를 맞이하게 됐다.

그동안 수면 아래에서 세계질서를 지배해 온 기득권이 뿌리부터 흔들리는 것이다.

세계정부 UN에 잠입시킨 143명, 그들만 문제인 것은 아니었다.

문제의 시발점은 독일에서 불법적으로 빼돌린 자산이다.

복잡한 세탁을 거쳐 독일의 자산을 흡수한 미국 기업들도 조사 대상에 올랐다.

FBI와 미국 국세청은 발 빠르게 해당 기업의 자금을 동결시켰다.

수사가 끝날 때까지 주요 자산을 매각하지 못하게 조치한 것이다.

네오메이슨은 알짜 조직원과 함께 어마어마한 자산도 꽁꽁 묶이게 됐다.

프리메이슨과 일루미나티, 한때 세상을 움직이던 두 조직의 전쟁과 합병 이후 최대 위기였다.

하지만 네오메이슨이 가만히 당하고만 있을 리 없다.

네오메이슨의 최상위 그룹, 하이 서클 멤버인 마이크 페인스 부통령은 에릭 한센에게 마지막 명령을 내렸다.

잘나가는 금융 천재로 승승장구하다 최치우 한 사람 때문에 모든 것을 잃게 된 에릭 한센은 이를 갈고 있었다.

에릭이 휘두를 복수의 칼날이 어디를 관통하게 될지, 아직은 좀 더 지켜봐야 할 것 같았다.

*   *   *

—대표님, 직접 보고드릴 일이 생겼습니다.

"그래요."

최치우는 임동혁의 전화를 받았다.

여의도 사무실에 출근하지 않았는데 마침 보고할 일이 생긴 모양이다.

"나 잠깐 회사 좀 다녀올게."

"안 좋은 일이야?"

"모르겠어. 부사장님 콜이네."

"조심히 다녀와."

침대에서 일어난 최치우는 하얀 이불에 묻혀 있는 유은서와 대화를 나눴다.

잠이 덜 깬 화장기 없는 수수한 얼굴도 귀여워 보였다.

곧 뉴욕의 UN 본부로 복귀할 그녀는 요즘 최치우의 집에서 살다시피 했다.

장거리 커플이 되기 전, 둘만의 시간을 최대한 알차게 보내는 것이다.

쏴아아아―

욕실로 들어가 샤워기를 튼 최치우는 서두르지 않았다.

천천히 준비를 해도 30분이면 회사에 도착할 수 있다.

올림푸스 본사도, 그의 펜트하우스도 여의도에 있기 때문이다.

"사옥을 지으면 출퇴근이 불편해지겠다."

최치우는 뜨거운 물로 온몸을 적시며 혼잣말을 읊조렸다.

몇 달 전부터 올림푸스는 사옥을 건설하기 위해 서울 시내 부지를 알아보는 중이었다.

여의도 같은 중심지에는 마땅한 부지가 없다.

새로운 빌딩을 올리려면 마곡이나 가산디지털단지 같은 외

곽으로 나가야 한다.

"정 안 되면 여의도 빌딩을 사버려야지."

최치우는 대수롭지 않게 혼잣말을 이어갔다.

여의도 빌딩 한 채의 가격은 수천억 원이다.

1조가 넘는 빌딩도 적지 않다.

하지만 최치우가 마음을 먹으면 백화점에서 쇼핑을 하듯 빌딩을 살 수 있다.

올림푸스와 퓨처 모터스의 시가총액은 100조를 넘고도 상승세가 꺼지지 않았다.

최치우의 개인 자산도 평범한 사람은 감당하기 힘들 정도로 불어났다.

혼자서 내는 세금이 웬만한 기업보다 많을 지경이다.

절세를 위해서라도 여의도 빌딩처럼 고가의 매물을 사는 게 나을지 모른다.

일반 상식으로는 재단할 수 없는 삶.

최치우는 바닥부터 시작해 천외천 라이프 스타일의 주인이 됐다.

그러고도 적당히 만족하기보다 더 높은 곳을 바라보고 있었다.

뚝—

샤워를 마친 최치우가 옷을 챙겨 입었다.

유은서는 침대에 누워 그를 지켜봤다.

평화롭고 따뜻한 아침이었다.

지금 같은 날들이 언제까지 이어질지 장담할 수 없다.

뉴욕과 서울, 몸이 멀어지면 마음도 다시 멀어질지 모른다.

그래도 다가오지 않은 미래를 걱정하는 것은 무의미한 일이다.

두 사람은 현재에 충실하기로 다짐했다.

"나 진짜 간다."

"오래 걸릴까?"

"어떤 용건일지 몰라서. 가봐야 알 거 같아."

"그럼 난 장 보고 있을게. 점심이나 저녁 차려줄 테니 연락해."

"일찍 들어올게, 최대한."

최치우는 얼굴 가득 미소를 머금은 채 집 밖으로 나왔다.

스물여섯 평생을 통틀어, 아니, 7번의 환생 전체를 놓고 봐
도 가장 달콤한 시간을 보내고 있었다.

철컥—

그러나 현관문을 닫고 나온 최치우는 눈빛부터 달라졌다.

정신을 다잡고 전투태세를 취할 때다.

비즈니스 정글의 세계에서 나사 빠진 사람이 될 수는 없다.

한 번의 실수로 혼자만 모든 것을 잃는 게 아니다.

올림푸스와 퓨처 모터스에 운명을 건 수많은 사람들도 덩달
아 추락하게 된다.

최치우가 느끼는 막중한 책임은 상상조차 하기 힘든 것이었다.

"오랜만에 달려볼까."

엘리베이터를 탄 최치우는 지하 주차장 대신 1층 버튼을 눌
렀다.

집에서 사무실까지 가볍게 뛰면 10분밖에 안 걸린다.

길에서 알아보는 사람들이 너무 많을까 부담스럽지만, 오늘은 왠지 차를 타고 싶지 않았다.

출근 복장도 청바지에 티셔츠, 얇은 재킷 한 장이라 조깅하기 딱이다.

몸을 움직이고 땀을 흘리면 머리도 맑아진다.

무슨 일인지 몰라도 임동혁의 호출은 간단하지 않을 것 같았다.

최치우는 여러 경우의 수를 검토하며 달리기 시작했다.

봄바람이 살랑살랑 부는 여의도의 포근한 날씨가 그를 반겨주고 있었다.

*   *   *

"에릭 한센이 퓨처 모터스 주주들을 만나고 있다?"

"그렇습니다. 파격적인 조건을 내세워 지분 양도를 권유하는 것 같습니다. 이미 넘어간 주주들도 꽤 있습니다."

"파격적 조건이라면… 원래 가격보다 높은 액수를 쳐주는 것밖에 더 있어요?"

"혹은 다른 투자 기회나 사업적 이익을 제공할 수도 있습니다. 아무튼 손해를 감수하며 퓨터 모터스 지분을 늘리는 건 분명해 보입니다."

임원 인사를 통해 부사장이 된 임동혁의 보고 내용은 예상대로 심각했다.

최치우는 네오메이슨과 에릭 한센이 호락호락 물러서지 않을 걸 알고 있었다.

하지만 이런 방식은 의외였다.

에릭은 금융거래에서 절대 손해를 보지 않는 스타일이다.

철저하게 실리를 추구하며 이익에 집착한다.

멀리서 보면 과감한 투자를 즐기는 것 같지만, 실상은 천지 차이다.

그런데 임동혁의 보고 내용이 사실이라면 월스트리트의 천재 또는 약탈자답지 않았다.

"에릭 한센이 퓨처 모터스의 미래가치를 바라보고 장기투자를 할 가능성은 없잖아요?"

최치우의 물음에 임동혁이 고개를 끄덕였다.

"아무래도 그런 것 같진 않습니다."

"손해를 보며 지분 확보에 열을 올리는 다른 이유가 있을 겁니다. 설마 이렇게 대주주가 되려는 건……."

최치우는 자기가 말을 하고도 어이없다는 듯 헛웃음을 터뜨렸다.

금융과 재무 전문가인 임동혁도 고개를 설레설레 내저었다.

"그러기 위해선 너무 많은 자금이 필요합니다. 이론적으로 불가능한 것은 아니지만… 한센 가문의 자산 방어가 위험해질 만큼 무리한 투자를 하겠습니까?"

"궁지에 몰린 쥐라면, 고양이를 물기 위해 무슨 짓이든 할 수 있죠."

최치우는 헛웃음을 거두고 진지한 표정을 지었다.

에릭 한센을 그저 한 사람의 비즈니스맨으로 생각하면 안 된다.

그가 단지 한센 가문의 수장이라면 복수보다 자산을 지키고 키우는 걸 더 중요하게 여길 것이다.

그러나 네오메이슨의 정체성이 앞선다면, 눈엣가시 같은 최치우를 공격하기 위해 이판사판 막장 싸움을 걸 수도 있다.

물론 네오메이슨의 선봉장 역할을 충실히 수행해 온 에릭 한센은 버리기 아까운 카드다.

금융계를 장악한 한센 가문 역시 마찬가지다.

하지만 네오메이슨이 인류의 미래를 지배하는 큰 그림을 그린다면 이야기가 달라진다.

유일한 걸림돌인 최치우를 막기 위해 에릭 한센이라는 카드는 얼마든지 버릴 수 있을 것이다.

한센 가문의 자산을 탕진해도 다시 키우면 그만이다.

시간이 걸리겠지만 지금처럼 번번이 최치우에게 앞길을 가로막히는 것보단 낫다.

"임 부사장님."

최치우가 목소리를 낮게 깔았다.

언제나 최악의 시나리오를 대비해야 한다.

그게 한 치 앞을 모르는 비즈니스 정글에서 살아남는 방법이다.

"네, 대표님."

"내 지분과 브라이언, 그리고 우리 쪽 우호 지분을 합치면 얼마 정도입니까?"

"대표님이 퓨처모터스 지분 20%를 가진 단일 최대주주이고, 브라이언 CTO가 10%, 확실한 우호 지분을 합하면 45%에서 50% 사이일 것 같습니다."

"우호 지분으로 분류된 투자자들, 펀드들 동향 파악해 주세요. 에릭 한센이 치킨 게임을 벌일지도 모릅니다."

치킨 게임은 누군가 물러설 때까지 뒤를 돌아보지 않고 끝까지 달리는 걸 뜻한다.

먼저 물러서면 패배하게 되고, 끝까지 버티면 커다란 충돌이 일어나 둘 다 망할 수 있다.

무림에서는 이런 전법을 동귀어진이라 부른다.

쉽게 말해 나도 죽고 너도 죽는 싸움이다.

임동혁은 선뜻 이해하기 힘든 눈치였다.

그가 고개를 갸웃거리며 물었다.

"냉정하기로 둘째라면 서러운 에릭 한센이 그렇게까지 나오겠습니까? 지금처럼 무리하게 퓨처 모터스 지분을 확보하다간 한센 가문이 휘청거립니다."

"한센 가문보다 나를 쓰러뜨리는 게 더 중요해졌을 수도 있습니다."

"그런……."

"최악을 대비합시다. 브라이언에게도 연락을 해줘요."

"알겠습니다. 필요하다면 제가 뉴욕으로 가서 우호 지분을 체크하겠습니다."

"제우스 S가 잘 팔리고 있는데, 또 괜한 구설수에 오르면 퓨처 모터스 분위기가 가라앉을 겁니다."

최치우는 지시를 내리고도 계속 찝찝한 기분이 들었다.

그동안 에릭 한센에게 연달아 어퍼컷을 날렸고, 반격도 모두 받아쳤다.

하지만 이번에는 느낌이 좋지 않았다.

이제 막 수상한 사인을 감지했을 뿐이다.

그러나 사선(死線)에서 단련된 최치우의 본능적 감각이 경고음을 울리고 있었다.

'에릭 한센이 이 싸움 한판에 전부를 걸었다면?'

최치우는 한센 가문의 자산만을 염두에 뒀다.

에릭이 돈을 떠나 목숨까지 걸었다는 사실을 간과한 것이다.

부서진 무릎에 로보티컬 칩을 이식받은 에릭 한센은 최치우를 다시 만나기 위해 이를 악물고 뛰어다니는 중이었다.

어쩌면 두 사람의 길고 질긴 악연이 머지않아 클라이맥스에 다다를 것 같았다.

4장

파국으로

　4월이 됐고, 벚꽃이 여의도 윤중로를 물들였다.

　평일, 주말 가릴 것 없이 여의도는 꽃놀이를 위해 몰려든 사람들로 가득 찼다.

　올림푸스 본사가 들어선 빌딩도 관광 코스가 됐다.

　한국인들은 물론이고, 외국인들도 올림푸스 본사 앞에서 사진을 찍었다.

　전 세계 사람들이 실리콘밸리의 구글 본사나 애플 본사에 여행을 가는 것과 비슷한 이치다.

　올림푸스도 그만큼 뜨거운 인기를 누리고 있었다.

　시가총액과 매출 규모로 따지면 여전히 한국을 대표하는 기업은 오성그룹이다.

하지만 외국에서 두 유 노 코리아(Do You Know Korea)라고 물어보면 십중팔구 올림푸스나 최치우의 이름을 말할 것이다.

찰칵— 찰칵!

여기저기서 셀카 찍는 소리가 끊이지 않았다.

혹시 사무실에 드나드는 최치우를 볼 수 있을지 기대하는 사람들도 꽤 많은 것 같았다.

소녀 팬들이 연예인들의 방송국 출퇴근길에 진을 치는 현상과 비슷하다.

대한민국을 대표하는 마스코트로서 최치우의 인기는 한류 스타들을 찍어 누르고 있었다.

흐드러지게 핀 벚꽃과 올림푸스 본사 덕분에 여의도 축제 분위기는 한껏 달아올랐다.

그러나 정작 올림푸스 사무실 내부 분위기는 심상치 않았다.

정확히 말하면 임원들이 모인 회의실 공기는 겨울처럼 차가웠다.

창밖에는 봄이 완연했지만, 임원 회의실만 찬바람이 쌩쌩 부는 것 같았다.

"우리가 가정한 최악의 시나리오, 그대로 일이 진행되고 있습니다."

최치우의 입에서 낮게 깔린 목소리가 울려 퍼졌다.

26살 나이로 100조 원이 넘는 글로벌기업을 만들어낸 전설적인 CEO이자 올림픽 금메달리스트의 기분이 좋지 않다는 것은 누구나 짐작할 수 있었다.

스윽—

최치우가 고개를 좌우로 돌려 임원들을 쳐다봤다.

임동혁 부사장과 김지연 홍보 이사, 백승수 총무 이사는 비교적 익숙한 표정이었다.

예전부터 최치우의 카리스마에 단련이 된 덕분이다.

하지만 새롭게 스카우트된 임원들은 눈을 어디에 둘지 몰랐다.

자유분방한 외국인 임원도 마찬가지였다.

최치우는 한 톨의 내공도 쓰지 않았다.

그저 올림푸스와 퓨처 모터스의 CEO라는 존재감만으로 카리스마를 발산하고 있었다.

비즈니스의 세계에서 가장 중요한 것은 실력이다.

실력을 증명하는 것은 성과와 업적이다.

그런 면에서 최치우는 전 세계에서 열 손가락 안에 드는 CEO다.

늘 친절하고 미소 띤 얼굴을 보여주는 그가 한 번 무게를 잡으면 직원들은 어마어마한 압박을 받을 수밖에 없다.

"우호 지분 확보는 어떻게 되고 있습니까?"

최치우의 시선이 임동혁에게 향했다.

다른 임원들은 속으로 남몰래 안도의 한숨을 내쉬었다.

임동혁 부사장은 자타 공인 올림푸스의 2인자다.

최치우의 묵직한 분노를 잠재울 수 있는 사람은 임동혁밖에 없을 것 같았다.

"현재 확신할 수 있는 우호 지분을 더하면 모두 41%입니다."

"시간은 충분히 드리지 않았습니까?"

"아무래도 직접 뉴욕과 LA, 실리콘밸리를 돌아보고 와야 할 것 같습니다."

"그 이야기도 미리 했을 텐데요. 이 회의가 열리기 전에 미국으로 가는 비행기에 탔어야죠. 언제까지 지시를 받고 나서 움직일 겁니까?"

"죄송합니다."

임동혁도 고개를 숙였다.

평소에는 최치우와 장난스레 농담을 주고받지만, 때와 장소를 가려야 한다.

지금 최치우는 진지하게 화를 내고 있었다.

사람 대 사람으로 관계를 설정한 게 아니다.

CEO로서 임원들을 질책하는 자리였다.

"본사에 남아야 할 필수 인력을 제외하면 모든 네트워크를 동원해야 합니다."

"네, 대표님."

"상식적으로 이해할 수 없지만, 에릭 한센은 미래를 생각하지 않고 자산을 쏟아붓는 중입니다. 퓨처 모터스를 잃을 수도 있다는 위기의식을 가지기 바랍니다."

최치우는 괜히 겁을 주는 게 아니었다.

이 자리에 모인 임원들은 여러 글로벌기업이 앞장서서 스카우트하려는 전문가다.

엄포가 통할 리 없다.

실제로 상황이 매우 심각하게 변하고 있었다.

에릭은 한센 가문의 주요 자산을 매각하며 자금을 확보했고, 굵직한 투자자들에게 말도 안 되는 조건을 내걸었다.

아마 지금쯤 30%에 가까운 우호 지분을 확보했을 것이다.

요즘 같은 시대에는 5%도 안 되는 지분으로도 경영권을 확보할 수 있다.

최치우처럼 개인이 최대주주인 경우는 무척 드물다.

그만큼 올림푸스와 퓨처 모터스의 경영권 방어는 탄탄한 편이었다.

하이에나 같은 사모펀드도 감히 눈독을 들이지 못했다.

그런데 에릭 한센이 도박판에서 올인을 외치듯 저돌적으로 지분을 매수하기 시작한 것이다.

그의 속내를 짐작하기 힘들었다.

어쨌든 에릭의 폭주를 막지 못하면 퓨처 모터스 주주총회가 열리는 건 정해진 수순이다.

최치우 우호 지분과 에릭 한센 우호 지분의 대결로 주총이 개최되는 것 자체가 안 좋은 뉴스이다.

퓨처 모터스의 경영권이 위험하다는 신호를 외부에 주는 셈이다.

만약 퓨처 모터스가 흔들리면 올림푸스의 주식 가치도 떨어질 수밖에 없다.

올림푸스와 퓨처 모터스는 이제 떼어놓고 생각할 수 없는 한 지붕 두 가족이기 때문이다.

"앞으로 일주일. 우리 우호 지분을 얼마나 더 확보하는지 두고 보겠습니다. 여러분의 능력을 기대하죠."

최치우는 임원들을 스카우트하며 업계 최고의 조건을 보장해 줬다.

당연히 그만한 값어치를 해내야 한다.

올림푸스의 임원들에게 첫 번째 실전 테스트가 열린 셈이다.

회의를 마쳤지만 얼어붙은 공기는 풀리지 않았다.

매일 최치우를 따뜻하게 녹여주던 유은서는 4월이 되자 뉴욕의 UN 본부로 복귀했다.

하지만 유은서를 그리워할 틈도 없었다.

소리 없는 전쟁에 퓨처 모터스의 운명이 달렸다.

'이번에야말로 확실하게 끝을 보자, 에릭.'

최치우는 비즈니스 전쟁으로 에릭 한센을 파멸에 이르게 할 작정이었다.

무릎뼈를 박살 낸 것은 약과였다.

그를 두 번 다시 금융계에 복귀하지 못하게 만들어줄 것이다.

가장 먼저 회의실 밖으로 나온 최치우의 주먹에 힘줄이 돋아나 있었다.

*   *   *

임동혁을 비롯한 임원들은 발에 땀이 나도록 뛰어다녔다.

직접 미국으로 날아가 주요 투자자와 기관을 만나는 건 기본이다.

밤새 전화기를 붙잡고 애를 쓰기도 했다.

단순히 최치우의 불호령 때문은 아니다.

임원들은 지난 회의를 통해 상황의 심각성을 인지하게 됐다.

까딱 잘못하면 전기차 시대를 열어가는 퓨처 모터스 경영권이 넘어간다.

퓨처 모터스는 GM의 공장을 인수하고, 뉴욕과 홍콩 등 대도시마다 제우스 파크를 열면서 한창 잘나가고 있다.

내부적으로는 제우스 S의 후속 모델 생산 이야기도 급부상하는 중이다.

퓨처 모터스의 정상화를 위해 올림푸스는 사운(社運)을 걸었다.

최치우가 과감한 투자를 통해 T—모터스를 인수하고, 사명을 퓨처 모터스로 바꾸지 않았다면 전기차 시대는 한참 뒤에 도래했을 것이다.

기껏 고생고생 다 해서 퓨처 모터스를 세계 최고로 만들었는데 밥그릇을 뺏길 수는 없다.

하지만 비즈니스 세계는 냉정하다.

창업자도 쫓겨나고, 일등 공신이 영업 기밀을 빼돌리는 정글이다.

최치우와 브라이언이 퓨처 모터스를 성공시킨 공로를 인정해 달라고 말해봐야 공허한 외침일 뿐이다.

경영권은 그렇게 지키는 것이 아니다.

철저한 지분 싸움이다.

더 많은 지분을 확보해 주주총회에서 의결권을 행사하는 것이 전부다.

"오늘 위임장을 보내주신다고요? 감사합니다! 대표님께 잘 말씀드리겠습니다."

여의도 사무실에서 백승수가 또 한 명의 투자 기관 대표를 설득했다.

보통 개인이나 단일기관에서 지분을 0.1% 이상 소유하면 주요 투자자 대접을 받는다.

0.1%라고 해도 결코 적은 액수가 아니다.

수십조 원에 달하는 퓨처 모터스 시가총액의 0.1%면 무려 수백억 원이다.

0.1% 투자자 10명을 모으면 1%가 된다.

지분 1% 차이로 주주총회에서 경영권이 넘어가는 경우가 허다하다.

절대 소홀히 여길 수 없는 게 당연했다.

"헬로, 디스 이스 디렉터 승수 백 오브 디 올림푸스."

백승수는 쉬지 않고 다시 전화기를 들었다.

이번에는 외국 기관에 접촉하는 모양이다.

군이 눈여겨보지 않아도 백승수를 비롯한 임원들이 얼마나 열심인지 알 수 있었다.

덕분에 사무실 군기가 바짝 잡혔다.

최근 올림푸스는 전시 비상 상태였다.

총을 쏘고 미사일이 날아오는 전쟁만 존재하는 게 아니었다.

최치우는 곧 치열한 전투가 벌어질 거라 예상했다.

상대가 올인을 외치면 이쪽에서도 카드를 보여줄 수밖에 없다.

그게 포커 테이블의 룰이다.

에릭 한센은 노골적으로 올인 전략을 쓰고 있었다.

이제는 월스트리트의 투자자들도 에릭이 퓨처 모터스를 노리는 걸 알게 됐다.

그가 비정상적인 방법으로 수십조의 자금을 쓰고, 감당하기 힘든 약속으로 지분 위임장을 받는다는 사실도 공공연한 비밀이었다.

물론 월스트리트의 금융인들도 에릭의 전략에 고개를 내저었다.

한센 가문의 자산을 탕진하며 퓨처 모터스에 집중하는 이유를 알 수 없었기 때문이다.

네오메이슨의 대계(大計)를 위해, 그리고 마지막 기회를 잡기 위해 목숨을 걸었다는 걸 누가 이해할 수 있을까.

이유야 무엇이건 최치우와 에릭의 전쟁은 이미 돌이킬 수 없는 지경까지 왔다.

올림푸스에서 최선을 다해 우호 지분을 확보하고 있지만, 주주총회가 열리는 것까지 막기는 힘들었다.

실리콘밸리의 퓨처 모터스 본사에서 열릴 임시 주주총회.

그곳에서 두 명의 젊은 천재가 이어온 질긴 악연이 정리될 것 같았다.

*　　　　*　　　　*

끝내 올 것이 오고야 말았다.

에릭 한센을 필두로 한 적대세력은 임시 주주총회를 요청했다.

안건은 간단했다.

퓨처 모터스의 경영 및 재무 상황 점검이다.

물론 자신들의 지분이 앞서면 경영권을 요구하겠지만, 그러한 야욕을 대놓고 드러내진 않았다.

최소 30%가 넘는 지분을 확보한 투자자들은 경영 현황을 확인할 권리가 있다.

나름 정당한 명분이 있기에 이를 들어주지 않을 수 없었다.

매번 주총 소집을 요청하면 거절해도 그만이다.

하지만 퓨처 모터스가 설립되고 처음으로 임시 주총을 요청받은 것이다.

만약 거절할 경우 최치우와 브라이언은 비난의 화살을 맞을 수밖에 없다.

중립적인 입장의 언론과 투자자들도 의심스러운 눈초리를

보낼 게 뻔하다.

어차피 피한다고 마냥 피할 수 있는 싸움도 아니다.

퓨처 모터스 이사회는 임시 주주총회 소집을 승인했다.

이사회도 최치우의 영향력 아래에 있다.

사실상 최치우가 주주총회에서 제대로 승부를 보자고 판을 깐 것이다.

"대표님, 저는 조금 걱정이 됩니다."

주총이 열리는 날, 브라이언이 최치우에게 솔직한 심정을 털어놓았다.

잠을 못 잤는지 브라이언의 안색이 나빠 보였다.

최치우는 그를 쳐다보며 자신감을 심어줬다.

"우리가 위임장까지 받으며 확보한 우호 지분은 모두 48%입니다. 에릭도 수단과 방법을 가리지 않고 40% 이상은 모았겠죠. 그러나 너무 걱정할 필요 없어요. 주총에 참석해서 결정을 내리려는 투자자들의 마음은… 모자란 2%는 내가 채우겠습니다."

"이런 일로 신경을 써야 한다는 게 속이 쓰립니다."

"브라이언, 퓨처 모터스는 과거의 벤처회사가 아닙니다. 세계 자동차 시장을 움직이는 글로벌기업이죠. 앞으로 이보다 더한 도전도 많을 겁니다. 마음을 강하게 먹어요."

"네, 대표님. 약한 모습을 보여 드려 미안합니다."

"미안은 무슨. 이럴 때 의지하라고 있는 게 CEO 아니겠어요?"

천생 엔지니어인 브라이언을 다독인 최치우가 여유롭게 미소를 지었다.

사실 최치우도 누구 못지않게 긴장이 될 수밖에 없다.

그러나 최치우가 흔들리면 일이 걷잡을 수 없이 커진다.

절체절명의 순간에도 침착과 냉정을 유지하는 것, 그게 최치우에게 주어진 역할이었다.

"이 싸움의 끝을 봅시다."

최치우가 자리에서 일어났다.

몇 시간만 지나면 임시 주주총회가 시작된다.

에릭 한센도 나타날 것이다.

과연 오늘 밤 샴페인을 터뜨리는 사람은 누구일까.

*   *   *

퓨처 모터스 본사 앞으로 주요 투자자들이 속속 모여들었다.

실리콘밸리의 다른 회사들, 나아가 미국과 전 세계 사람들이 퓨처 모터스의 임시 주주총회를 주목하고 있었다.

멈추지 않고 신화를 써 내려가던 최치우의 질주에 제동이 걸릴 것인가.

주총 결과에 따라 최치우의 아성에도 금이 갈지 모른다.

만약 경영권이 넘어가면 퓨처 모터스뿐 아니라 올림푸스 역시 치명적인 타격을 입게 될 것이다.

관건은 아직까지 마음을 정하지 못한 주주들의 결단이다.

그들은 어느 쪽에도 위임서를 써주지 않았다.

주총 현장에서 돌아가는 분위기를 보고 결정을 내릴 확률이 높다.

이미 48%의 우호 지분을 확보한 최치우가 유리한 상황이다.

그러나 안심할 순 없었다.

에릭 한센은 단기간에 30%가 넘는 지분을 아군으로 만들며 턱밑에 칼을 겨눴다.

사실 퓨처 모터스처럼 시가총액이 수십조 원에 달하는 기업 지분을 30% 넘게 확보하는 건 거의 불가능한 일이다.

게다가 최치우와 브라이언, 두 사람이 소유한 지분만 합해도 30%다.

이만큼 지배구조가 탄탄한 기업은 전 세계에 몇 개 없다.

에릭은 빈틈없는 철옹성을 무너뜨리기 위해 무모한 시도를 한 셈이다.

하지만 에릭의 저력도 만만치 않았다.

비록 뒷일을 생각하지 않고 한센 가문의 자산을 모조리 쏟아부은 결과이지만, 최치우가 위기감을 느끼게 한 것만으로 대단했다.

"어떻게 될 거 같아?"

"글쎄요. 적대세력이 이길 것 같진 않은데… 상대가 다른 사람도 아니고 최치우 대표 아닙니까? 살아 있는 전설이잖아요."

"문제는 상대도 월스트리트의 전설이란 사실이지. 에릭 한센 몰라? 월가의 천재 약탈자."

"그래도 너무 불리한 게임이에요. 최치우 대표 혼자서만 20%를 갖고 있는데, 브라이언 CTO도 10%고. 이 판을 어떻게 깨요?"

"에릭 한센이 대주주들에게 엄청난 약속을 했다더군. 퓨처 모터스 경영권을 가져오게 도와주면 한센 가문의 주요 사업권을 공유하기로 했다던데."

"정말요? 이런 미친! 중립적인 주주들이 한센 가문에 붙어버리면……."

"그럼 주총 현장에서 역전이 일어날 수도 있는 거지?"

"그럴 가능성도 있죠."

비교적 일찍 주주총회 현장에 도착한 투자자들은 자기들끼리 귓속말을 속닥거렸다.

다들 경영권의 향배를 궁금해하고 있었다.

대부분 최치우 아니면 에릭 한센을 선택해 위임장을 써줬다.

한쪽으로 확실하게 줄을 선 것이다.

물론 어느 쪽이 이겨도 당장 주주들에게 피해가 가는 것은 없다.

하지만 눈치가 보일 수밖에 없다.

최치우 편을 들었는데 에릭이 경영권을 뺏는다면, 또 반대의 경우라도 곤란하긴 마찬가지이다.

그때부터는 주식을 가진 투자자가 될 뿐, 민감한 내부정보나 의사결정에서 소외될 것이다.

그렇기에 주주들도 나름 큰 결단을 하고 라인을 선택한 셈이었다.

"에릭 한센이다!"

"큰 사고가 났다던데… 멀쩡히 잘 걷네?"

"그러게, 절뚝거리지도 않고."

때마침 에릭 한센이 굵직한 투자자 몇 명을 대동하고 들어왔다.

핏기 없이 하얀 얼굴과 뱀 같은 눈동자, 차가운 표정은 예전 그대로였다.

맨 앞자리에 앉아 있던 최치우는 고개를 돌려 에릭을 쳐다봤다.

'걸음이 부자연스럽다.'

다른 사람은 속여도 최치우의 시선까지 속일 순 없었다.

로보티컬 칩을 장착한 에릭의 걸음걸이는 어딘지 어색해 보였다.

일반인은 절대 알아차릴 수 없는 차이다.

그러나 미세한 호흡의 차이마저 감지하는 최치우는 에릭의 무릎에 뭔가 있음을 간파했다.

'아직 걸어 다닐 수 있는 시기가 아닐 텐데, 재밌는 장난을 쳤군.'

최치우는 티를 내지 않고 자리에서 일어섰다.

그러고는 앞줄까지 걸어온 에릭에게 먼저 손을 내밀어 악수를 청했다.

"오랜만입니다, 한센 대표님."

"그러게요. 보고 싶었습니다, 최 대표님."

두 사람은 서로 정중한 말투를 썼다.

지켜보는 시선이 많기 때문이다.

하지만 말속에 담긴 뼈는 날카로웠다.

최치우는 미소를 지으며 안부를 물었다.

"불행한 사고를 당했다고 들었는데 금방 좋아진 것 같군요. 다행입니다."

"염려해 주신 덕분입니다."

웃고 있는 에릭의 눈에서 살기가 번뜩였다.

내공이 없는 평범한 사람이지만, 극한의 분노를 품은 것이다.

충분히 그럴 만했다.

최치우가 본인이 부숴 버린 에릭의 무릎을 언급했기 때문이다.

에릭도 기 싸움에서 밀리지 않으려는 듯 화제를 돌렸다.

"최근 퓨처 모터스의 성과가 아주 놀랍습니다. 대주주로서 고맙다는 말을 해야겠지요."

"배당금이 꽤 쏠쏠할 겁니다."

"경영 방식을 합리적으로 바꾸면 주주들에게 더 큰 배당이 주어지겠지요."

"말은 쉽죠. 금융과 경영은 다르니까, 해보면 알게 될 겁니다. 물론 기회가 주어진다면."

"기회야 만들기 나름 아니겠어요?"

에릭은 의미심장한 물음을 던지고 앞자리에 앉았다.

맨 앞줄은 경영에 참여하는 관계자들이 앉는 게 관례이다.

그럼에도 불구하고 앞줄 한 자리를 차지한 에릭의 의도는 불 보듯 뻔했다.

머지않아 자신이 퓨처 모터스 경영권을 갖게 될 거라는 뜻이다.

최치우는 피식 웃음을 터뜨렸다.

굳이 에릭을 뒷자리로 보낼 필요를 느끼지 못했다.

"지금부터 퓨처 모터스의 임시 주주총회를 시작하겠습니다."

퓨처 모터스의 홍보팀장이 단상에서 마이크를 잡았다.

최치우와 브라이언, 퓨처 모터스 관계자들은 각자의 자리에서 숨을 골랐다.

칼을 갈고 나타난 에릭 한센과 투자자들도 마찬가지였다.

앞으로 1시간이면 퓨처 모터스의 주인이 정해진다.

하지만 주총에는 엄연한 절차가 있다.

퓨처 모터스의 얼굴이자 CTO인 브라이언이 앞으로 나섰다.

브라이언은 최고 기술 책임자답게 제우스 S의 후속 모델에 대한 비전을 제시했다.

"제우스 S는 선망의 대상이 됐습니다. 전 세계의 부자, 연예인, 셀럽들이 럭셔리 전기차 제우스 S를 앞다퉈 구매하고 있습니다. 이제 명품을 입는 것보다 제우스 S를 타는 게 더 멋진 일이 됐습니다. 멋질 뿐만 아니라 환경과 미래를 생각하는 좋은 이미지까지 주게 되었죠. 하지만 제우스 S의 기본 가격은 꽤 높은 편입니다. 그래서 우리의 다음 모델은 누구나 탈 수 있는 전기차, 평범한 사람들의 일상을 바꾸는 전기차 제우스 U로 정했습니다."

브라이언의 뒤로 깔끔하게 정리된 PPT 화면이 떠올랐다.

제우스 U의 디자인은 보통 자동차와 비슷했다.

화려한 스포츠카 디자인을 차용한 제우스 S와는 사뭇 달랐다.

평범한 가정에서 누구나 탈 수 있는 전기차 콘셉트를 추구했기 때문이다.

가격도 제우스 S보다 훨씬 저렴했다.

"YOU, 바로 당신과 함께하는 제우스라는 뜻에서 이름을 정했습니다. 또한 U는 Unordinary의 약자입니다. 평범한 가족을 위한 전기차지만, 결코 평범하지 않다는 이중적인 의미가 담겨 있습니다. 우리는 제우스 U와 함께 또 한 번 도약하겠습니다. 소수의 셀럽이 아닌, 모든 사람들이 퓨처 모터스의 전기차를 타는 시대를 열겠습니다!"

브라이언은 긴장했던 것과 달리 발표를 잘 끝냈다.

오늘 이 자리에서 제우스 U의 모델명과 콘셉트가 최초로 공개된 것이다.

이 사실을 모르고 있던 투자자들은 눈을 크게 뜨고 집중했다.

퓨처 모터스의 후속 모델은 주가 상승을 견인하는 데 큰 역할을 해낼 것이다.

제우스 S로 대박을 친 최치우와 브라이언은 새로운 성공 신화를 쓸 준비를 마쳤다.

'우리는 실력으로 말한다.'

최치우는 흐뭇한 표정으로 에릭의 옆얼굴을 쳐다봤다.

안색이 딱딱하게 굳은 것 같았다.

설마 임시 주주총회에서 전격적으로 신모델 발표를 할 줄은 몰랐던 것이다.

"이어서 퓨처 모터스의 재무 현황에 대한 보고를 시작하겠습니다."

브라이언이 최치우의 옆자리로 돌아오고, 재무팀장이 올라갔다.

회계 보고는 숫자의 나열로 무척 지루한 순서다.

하지만 에릭 한센을 비롯한 투자자들이 가장 기다리던 시간이었다.

주주들은 숫자에 민감할 수밖에 없다.

작은 허점이라도 보이면 집요하게 물어뜯을 태세였다.

"이상 보고를 마치겠습니다."

재무팀장이 고개를 숙이고 단상에서 내려왔다.

이것으로 퓨처 모터스의 공식 발표는 끝이 났다.

"……"

장내가 조용한 가운데 모두 눈치를 보고 있었다.

이제부터 진짜 싸움이 시작되기 때문이다.

"주주님들의 추가 의견을 듣는 시간입니다. 손을 들어주시면 지명해 드리겠습니다."

아무도 손을 드는 사람이 없었다.

다들 맨 앞줄의 한 명만 쳐다볼 따름이다.

임시 주주총회를 소집하게 만든 장본인, 에릭 한센이 나설 차례가 된 것이다.

처억—

잠시 뜸을 들인 에릭이 손을 들었다.

사회를 맡은 홍보팀장은 그럴 줄 알았다는 듯 당황하지 않았다.

"한센 패밀리의 에릭 한센 대표님께 발언권을 드리겠습니다."

"고맙습니다. 한센 가문의 에릭 한센입니다, 여러분."

에릭은 마이크를 받고 자리에서 일어났다.

그는 퓨처 모터스의 관계자가 아니기 때문에 단상으로 올라가진 않았다.

최치우는 팔짱을 끼고 에릭을 지켜봤다.

과연 얼마나 치밀하게 준비를 해왔을지 기대가 됐다.

"퓨처 모터스의 제우스 S, 그리고 제우스 파크가 좋은 성과를 냈다는 점을 우리 모두 알고 있지요. 그런 점에서 먼저 박수를 보냅니다."

짝짝짝짝—!

에릭은 마치 연기를 하듯 박수를 쳤다.

덩달아 에릭에게 위임장을 건넨 투자자들도 박수를 보냈다.

"그러나, 세계 곳곳에 개장한 제우스 파크는 막대한 투자비용과 운영비를 잡아먹는 괴물입니다. 홍보에 도움이 될지 모르지만 퓨처 모터스의 재무 구조를 악화시키는 주범이지요. 또 후속 모델로 발표한 제우스 U도 실망스럽습니다. 평범한 가정에서 전기차를 구매할 수 있을까요? 아직은 이릅니다. 제우스 S처럼 럭셔리 고가 모델에 더 집중할 때라고 생각됩니다. 무엇

보다 심각한 것은 퓨처 모터스의 의사결정 구조입니다. 이사회
와 경영진 모두 한쪽으로 쏠려 있고, 주주들의 의견을 반영하
지 못하고 있지요. 대주주들이 제우스 U가 후속 모델이라는
사실을 여기서 처음 아는 게 말이 되는 일인가요?"

확실히 에릭 한센은 보통내기가 아니었다.

구구절절 말을 길게 늘이지 않고 핵심만 딱딱 짚어 주주들
의 불만을 자극했다.

얼핏 듣기에는 틀린 말이 아닌 것 같았다.

에릭은 회심의 미소를 지으며 직격탄을 날렸다.

"퓨처 모터스의 재무구조 개편과 효율적이고 주주 친화적인
경영을 위해… 경영진 교체 및 이사회 재구성 안건을 상정하고
싶습니다."

나올 게 나왔다.

주총에 참석한 투자자들은 입을 꾹 다물고 요리조리 눈치만
봤다.

최치우는 짙은 눈동자로 에릭을 바라봤다.

'에릭, 너의 마지막 발악을 즐겨주지.'

통하는 게 있었을까.

에릭도 고개를 돌려 최치우를 쳐다봤다.

짧은 시간, 두 사람의 눈빛이 얽히며 스파크가 튀는 것 같았다.

"먼저 제가 위임을 받은 지분을 알려 드리지요. 위 안건에 동
의하는 주주들은 모두 45%의 지분을 갖고 있습니다."

장내가 술렁거리기 시작했다.

에릭 한센이 확보한 보유 지분이 생각보다 많았기 때문이다.

브라이언의 낯빛도 어두워졌다.

45%면 엄청난 지분이다.

물론 최치우가 확보한 우호 지분이 48%로 우위에 선다.

그러나 고작 3% 차이다.

이 정도는 현장에서 충분히 뒤집힐 수 있는 간격이었다.

최치우의 편을 들기로 한 주주들이 마음을 바꿀 수도 있다.

반대의 경우도 가능하지만, 45%라는 숫자가 주는 임팩트는 임시 주총을 흔들어놓았다.

'한센 가문과 네오메이슨을 너무 쉽게 봤군. 30% 후반을 예상했는데 한 방 먹었다.'

최치우는 에릭의 실력을 인정했다.

에릭이 자신감을 갖고 올인을 외친 게 이해가 됐다.

하지만 최치우에게도 비장의 카드가 남아 있었다.

동요하는 주주들의 마음을 붙잡고, 결정을 못 내린 투자자들을 끌어올 강력한 무기.

그것은 바로 최치우 자신이었다.

"의결권 투표에 앞서 잠시 발언을 하고 싶습니다."

최치우가 손을 들자 사회를 맡은 홍보팀장이 이를 받아들였다.

"퓨처 모터스와 올림푸스의 CEO, 최치우 대표님께 발언권을 드리겠습니다."

마이크를 받은 최치우는 자리에서 일어났다.

그도 에릭처럼 단상에 나가지 않고 주주들과 가까운 좌석에서 입을 열었다.

"먼저 에릭 한센 대표님의 지적을 겸허하게 수용합니다. 특히 후속 모델 제우스 U의 출시 계획을 미리 공유하지 못한 점, 비록 보안 유지를 위한 것이었다고 해도 사과를 드립니다."

의외였다.

최치우는 에릭의 지적에 반론을 더하는 대신 깔끔하게 사과를 했다.

따지고 보면 최치우가 잘못한 것도 아니다.

극비 프로젝트의 경우 소수의 경영진만 내용을 공유하는 게 상식이다.

그럼에도 이성보다 감성을 중시하며 주주들의 마음을 풀어 준 것이다.

인간은 절대 합리적인 존재가 아니다.

아무리 똑똑한 사람이라도 결정적인 순간에는 이성보다 감성의 영향을 더 많이 받는다.

최치우는 한발 양보한 것 같지만 몇 수 앞을 내다봤다.

이어진 발표도 예상 밖의 연속이었다.

"제우스 파크에 들어가는 돈이 왜 아깝지 않은지, 그리고 후속 모델로 일반 가정에서 구입할 수 있는 제우스 U를 선택한 이유는 무엇인지 일일이 설명하지 않겠습니다. 그저 한 가지 사실만 말씀드리겠습니다. 불에 타 잿더미가 된 공장에서 지금의 퓨처 모터스를 만든 사람이 누구입니까? 브라이언 CTO와 제가 꿈을 현실로 만들었습니다. 퓨처 모터스에 필요한 것은 전문 경영인이 아닙니다. 효율적인 재무관리가 아닙니다. 우리는 자동차가 아니라 꿈을 파는 회사입니다. 누구보다 큰 꿈을 꾸는 저를 믿어주십시오."

묵직한 울림이 주주총회 현장을 휩쓸고 지나갔다.

최치우의 말에는 영혼을 때리는 힘이 실려 있었다.

현란한 말솜씨로 흉내 내는 것과는 차원이 다르다.

살아온 행보가 뒷받침되어 증명하는 것이다.

"주주님들의 의결권 투표를 시작하겠습니다."

주총에 참석한 투자자들이 각자의 의결권을 행사했다.

어떤 위임장은 파기가 됐고, 또 어떤 위임장은 새롭게 작성되기도 했다.

숨 가쁜 시간이 쏜살같이 지나갔다.

이윽고 캘리포니아주 변호사의 입회 아래 최종결과가 발표됐다.

"에릭 한센 대표님이 발의한 경영진 교체 및 이사회 재구성 안건은……."

많은 사람들이 피가 마르는 기분을 느꼈다.

브라이언은 두 눈을 지그시 감고 있었다.

에릭도 초조한 듯 정신 사납게 손가락을 까닥거렸다.

"찬성 42%, 반대 53%, 그 외 기타 의견을 취합하며 기각됐음을 알립니다."

승부가 끝났다.

에릭은 본인이 확보한 우호 지분 45%도 온전히 지켜내지 못했다.

한센 가문의 우호 지분과 중립적인 지분 일부가 최치우 쪽으로 옮겨갔다.

예상보다 심각한 위기 끝에서 완벽한 되치기로 경영권을 방어해 낸 것이다.

"와아—!"

"후우우……."

최치우 편을 든 주주들은 환호성을 질렀고, 반대편의 투자자들은 탄식을 흘렸다.

에릭은 멍한 얼굴로 혼잣말을 중얼거리고 있었다.

"그럴 리가 없어, 그럴 리가… 내게 약속했는데, 결국 51%가 될 거라고 약속했는데… 그럴 리가 없어!"

최치우는 에릭을 쳐다보지 않았다.

대신 브라이언의 어깨를 두드리며 기운을 줬다.

최치우와 브라이언의 꿈이 이겼다.

오늘만큼은 샴페인을 마음껏 터뜨려도 될 것 같았다.

5장

비극적 종말

　임시 주주총회를 마친 퓨처 모터스는 성대한 파티를 열었다.

　실리콘밸리 사무실에 모인 대주주와 투자자들을 그냥 돌려보낼 수 없었다.

　결과를 예측하기 어려운 싸움이었지만, 최치우와 브라이언은 승리를 자신하고 파티를 준비했던 것이다.

　이유는 간단했다.

　주총에서의 승리를 자축하기 위해서만은 아니다.

　에릭 한센의 편에서 최치우와 맞선 주주들도 모두 초청했다.

　위임장을 내는 대신 현장에 직접 참석한 주주들은 좌불안석일 수밖에 없다.

이번 일로 최치우에게 찍혔다고 생각할 수도 있다.

그렇기에 앙금을 푸는 절차가 반드시 필요하다.

요식행위라고 해도 어쩔 수 없다.

승자가 먼저 손을 내밀어야 한다.

비록 주총에서는 경영권을 걸고 싸웠지만, 이미 지나간 일이다.

괜한 분란의 씨앗을 남겨둬서 좋을 게 없다.

속마음은 괘씸하더라도 승자의 아량을 보여줘야 한다.

물론 봐주지 말고 상대를 짓밟아야 할 때도 있다.

하지만 퓨처 모터스에 투자를 한 주주들은 미우나 고우나 같은 배를 탄 파트너이다.

한 번쯤은 통 크게 용서를 해줄 필요가 있다.

"우리 함께 더 큰 꿈을 꿉시다. 퓨처 모터스의 비전을 위하여—!"

"비전을 위하여!"

최치우가 한국식으로 건배를 선창했다.

연회장에 모인 투자자들도 그를 따라 샴페인 잔을 높이 들었다.

턱시도를 입은 빅밴드가 재즈 음악을 연주했고, 음식과 술도 풍성했다.

천장에 달린 크리스털 샹들리에는 퓨처 모터스의 미래를 밝혀줄 것처럼 환하게 빛나고 있었다.

미국의 부(富)가 집중된 실리콘밸리지만, 이렇게 화려한 파티는 자주 열리지 않는다.

그러나 무엇보다 중요한 것은 최치우의 동향이다.

퓨처 모터스의 주주들은 대부분 무척 바쁘다.

다들 잘나가기로 따지면 누구에게도 뒤지지 않는다.

그럼에도 불구하고 파티에 참석한 것은 최치우와 안면을 트고 싶기 때문이다.

이번 주총에서 최치우 편에 선 사람들은 생색을 내고 싶었고, 에릭 편에 선 사람들은 은근슬쩍 없던 일로 무마하고 싶었다.

최치우는 투자자들의 속내를 꿰뚫고 있었다.

'원하는 대로 해줘야지.'

샴페인 잔을 한 손에 든 최치우가 바쁘게 움직였다.

그는 5명씩 모여 있는 테이블을 돌아다니며 여러 투자자들과 인사를 나눴다.

워낙 많은 주주들이 파티에 참석해서 길게 대화를 나눌 순 없었다.

한 테이블에서 최대한 쓸 수 있는 시간은 고작 5분이다.

하지만 최치우의 5분은 강렬한 인상을 남기고, 주주들의 마음을 사로잡기 충분한 시간이었다.

"안녕하세요. 톰슨 이사님도 오셨군요. 요즘 톰슨&메이커스의 제품들 퀄리티가 너무 좋아서 저도 애용하고 있습니다."

"허허허, 이거 최 대표님께서 우리 고객이실 줄은… 괜찮으시면 서울 사무실로 한정판 세트를 보내 드리고 싶습니다."

"영광이죠. 제가 꼭 여기저기 자랑하겠습니다."

"허허허허허!"

최치우는 주요 투자자의 이름과 사업 현황을 정확히 기억했다.

임시 주주총회가 열리기 며칠 전부터 스터디를 한 결과였다.

세계 비즈니스 역사를 새로 쓰고 있는 최치우가 일일이 얼굴에 금칠을 해주면 누구든 입이 귀에 걸릴 수밖에 없다.

파티장 분위기가 최치우를 중심으로 후끈 달아오르는 게 당연했다.

"최 대표님, 드릴 말씀이……."

"편하게 말해주세요."

간혹 최치우에게 가까이 다가와 귓속말을 하려는 사람도 있었다.

최치우는 마다하지 않고 귀를 기울였다.

"제가 한센 가문 편을 든 것 같지만, 마지막 순간 위임장을 거두고 대표님과 뜻을 함께했습니다. 혹시 오해가 있으면 안 되기에 말씀을 드립니다."

"그런 거라면 전혀 걱정 안 하셔도 됩니다. 저는 주총에서 다른 뜻을 보인 주주들의 의견도 존중합니다. 건전한 비판은 언제든 수용해야죠. 그리고 마지막 순간에 저를 다시 믿어주셔서 감사할 따름입니다."

"하하하! 역시 우리 대표님의 그릇은 제가 따라갈 수 없을 정도로 넓고 깊습니다."

"여전히 많이 부족합니다. 하지만 퓨처 모터스의 미래를 위해 최선을 다하겠습니다."

최치우는 불안해하는 주주들을 능숙하게 다독였다.

이번 주총에서 에릭의 편을 들었다고 불이익을 주지 않을 거란 신호를 분명하게 줬다.

물론 두 번째는 다를 것이다.

이런 주주총회가 다시 열릴 가능성 자체도 거의 없다.

다만 그때 또다시 최치우와 맞서면 진짜 불구대천(不俱戴天)의 원수가 된다.

최치우의 아량에 감탄한 주주들도 두 번의 자비는 없다는 사실을 인지하고 있었다.

'에릭?'

바쁘게 테이블을 돌아다니며 환담을 나누던 최치우가 눈을 빛냈다.

연회장 뒤쪽 테이블에 에릭 한센이 앉아 있었기 때문이다.

주총에서 패배한 에릭은 절망에 빠져 진즉 떠났을 거라 생각했다.

그런데 용케 파티까지 참석한 것이다.

'다른 의도가 있을 것 같다.'

최치우는 에릭의 꿍꿍이가 있을 거라 예상했다.

그는 퓨처 모터스 지분을 확보하기 위해 한센 가문의 자산을 탈탈 털었다.

그렇다고 해서 빈털터리가 된 것은 아니다.

우호 지분을 빼고, 에릭 한센이 보유하게 된 퓨처 모터스의 지분은 그대로 남아 있다.

지분을 팔면 100억 달러, 우리 돈 10조 가까운 현금이 남는다.

무리해서 지분을 사느라 엄청난 손해를 봤지만 그래도 10조면 무시 못 할 자산이다.

그러나 에릭 한센은 절망의 구렁텅이에 빠져 헤어 나오지 못했다.

돈이 얼마 남았는지가 중요한 게 아니다.

최후의 승부를 걸었는데 또 최치우에게 완패를 당했기 때문이다.

네오메이슨의 지도부, 하이 서클에 들어가는 문은 완전히 닫혔다.

이제 네오메이슨에서 버림받지 않을지 고민하는 처지가 됐다.

네오메이슨의 전폭적인 지원이 없으면 한센 가문은 바람 앞 촛불이나 마찬가지이다.

수십억 달러의 손해, 우호 지분을 맡긴 투자자들에게 갚아야 할 빚, 그리고 네오메이슨의 낙오자가 됐다는 두려움까지.

에릭의 정신은 붕괴되기 직전이었다.

멀쩡한 상태라면 뉴욕으로 돌아가 후일을 도모했을 것이다.

상처뿐인 패배를 당한 에릭이 퓨처 모터스 파티에 남은 것은 멘탈이 깨졌다는 증거였다.

최치우는 에릭 한센의 테이블로 걸어갔다.

대체 무슨 생각으로 자리를 지키는지 알아내야 할 것 같았다.

"에릭."

"이거 이거… 축하합니다. 리빙 레전드, 치우 최. 역시 대단해요. 내게 붙기로 약속한 투자자들의 마음을 순식간에 돌려 버리다니."

"좋은 승부였다. 오랜만에 위기감을 느꼈어."

"딱히 위로는 안 되네요. 그래서 말인데……."

에릭이 말끝을 흐렸다.

최치우는 공허하게 텅 빈 그의 눈동자를 똑바로 봤다.

"따로 하고 싶은 말이 있습니다. 잠깐은 시간을 내줄 수 있겠지요?"

"그러지."

패배를 인정한 것일까, 아니면 다른 속셈이 있을까.

무엇이든 최치우가 에릭을 피할 이유는 없다.

에릭 한센이 자랑하던 영역, 금융과 비즈니스의 무대에서 최치우가 마지막에 웃는 사람이 됐기 때문이다.

무력을 이용해 에릭의 무릎뼈를 박살 냈을 때보다 훨씬 통쾌하고 뿌듯했다.

최치우는 자리에서 일어나 앞장을 섰다.

연회장에 딸린 작은 방에서 에릭과 둘이 대화를 나누려는 것이다.

딸칵―

방문을 잠근 최치우가 에릭을 바라봤다.

"따로 할 말이 뭐지?"

"네오메이슨."

에릭 한센이 자기 입으로 네오메이슨을 언급했다.

심상치 않은 기색이 느껴졌다.

최치우는 단전의 내공을 끌어 올리며 에릭의 불안한 시선과 떨리는 손끝을 주시했다.

"네오메이슨에게 버림이라도 받은 건가."

의도하지 않았지만 최치우가 정곡을 찔렀다.

덕분에 에릭은 가까스로 붙잡고 있던 이성의 끈을 놓아버렸다.

언제 다시 최치우와 같은 방에 있게 될지 모른다.

오늘이 지나면 이렇게 가까이서 대화를 나눌 기회도 없을 것이다.

"너 때문에… 그래, 너 때문에! 하이 서클의 문턱에서 미끄러져 소모품 취급을 받게 됐지!"

"하이 서클?"

"세상을 움직이고 지배하는… 지구의 인구까지 결정하는 하이 서클이 될 수 있었는데, 너만 아니었으면! 네가 갑자기 나타나지만 않았다면!"

에릭 한센이 폭주하고 있었다.

죽음을 통보받은 환자는 여러 단계를 거친다.

절망, 포기, 거부, 분노, 순응 등 다양한 반응을 보이며 죽음을 받아들인다.

에릭 한센은 마치 시한부 판정을 받은 환자 같았다.

절망의 단계를 지나 분노를 쏟아내고 있는 셈이다.

"으아아아ㅡ! 죽어, 죽어라! 최치우!"

고막을 때리는 절규를 토해낸 에릭이 오른발을 들었다.

호리호리 비쩍 마른 체구로 발을 차려는 것이다.

부우우웅ㅡ!

그런데 발 차기가 예사롭지 않았다.

허공이 찢어지며 묵직한 바람 소리가 울렸다.

게다가 발 차기의 각도도 높았다.

에릭의 정강이가 최치우의 왼쪽 옆구리를 노리고 사선을 그렸다.

퍽!

둔탁한 타격음이 울렸다.

최치우는 왼팔로 에릭의 발 차기를 막았다.

'빠르다. 그리고 강하다!'

방심했다면 옆구리에 정타를 맞을 뻔했다.

제때 가드를 올렸지만 왼팔을 감싼 정장 재킷이 찢어져 버렸다.

팔이 욱신거리는 게 파괴력이 만만치 않았다.

일반인, 특히 에릭처럼 병약한 스타일의 남자가 낼 수 있는 힘이 아니다.

"이야아아—!"

에릭이 괴성을 지르며 다시 다리를 들었다.

최치우는 그의 무릎에 기계가 장착됐음을 파악했다.

퍽! 퍼억! 퍼퍽!

에릭 한센은 쉬지 않고 오른발, 왼발을 야구방망이처럼 휘둘렀다.

이만한 속도와 힘, 지구력은 인간계 최강자인 리키도 상대하기 버거울 것 같았다.

근력을 10배 이상 부풀리는 로보티컬 칩은 비실비실한 에릭을 순식간에 엄청난 강자로 만들었다.

최치우가 보통 사람이었다면, 올림픽 금메달을 쉽게 딸 만큼 인간의 한계를 초월하지 못했다면 대책 없이 당했을 것이다.

지금쯤 에릭의 무지막지한 발 차기에 곤죽이 됐을지 모른다.

하지만 최치우는 육체의 능력으로 인간계를 한참 초월한 존재이다.

에릭의 발 차기를 묵묵히 막아낸 최치우가 결단을 내렸다.

'위험한 기술이다. 이 기술이 적용되면 네오메이슨의 군대는

세상을 지배할 수 있어.'

로보티컬 칩을 장착한 병사들은 일당백의 위용으로 전쟁터를 휩쓸 것이다.

에릭 한센 대신 특수부대 출신 용병이 로보티컬 칩을 장착하면 얼마나 더 강해지겠는가.

최치우는 에릭을 멈추고, 그의 무릎에 뭐가 박혔는지 알아내기로 마음먹었다.

쉬이익—

발 차기를 막기만 하던 최치우가 사라졌다.

아니, 너무 빨리 움직여 일시적으로 사라진 것처럼 보였다.

에릭의 동체시력으로 최치우의 움직임을 잡아내는 것은 불가능하다.

로보티컬 칩은 하체 근력을 비정상적으로 강화시킬 뿐이다.

그마저도 아직은 부작용과 후유증을 해결하지 못했다.

에릭의 발 차기 파괴력은 놀라웠지만, 최치우를 위협할 정도는 아니었다.

콰악!

공간을 뛰어넘은 최치우가 에릭의 목을 움켜쥐었다.

목줄이 꽉 잡힌 에릭은 숨을 켁켁거리며 괴로워했다.

산소가 차단되자 두 다리를 움직일 힘도 없었다.

"네오메이슨이 너한테 무슨 장난을 쳤는지 알아야겠다, 에릭."

"크허어억……."

에릭은 볼썽사납게 신음을 흘릴 따름이었다.

최치우가 조금만 더 힘을 주면 목뼈가 부러질 것 같았
다.

그 순간, 에릭이 축 늘어진 손가락을 겨우 움직였다.

삑—!

기어코 로보티컬 칩을 폭발시키는 비밀 버튼을 누른 것이
다.

펜타곤에서 쫓겨난 악마적 천재 론 폴 박사는 버튼을 누르
면 전방의 모든 사람을 죽일 수 있다고 자신했다.

파바바바바바박—!

에릭의 무릎 두 쪽이 터지며 수백 발의 총알 파편이 폭발했
다.

하필 가까이 붙어 있던 최치우는 로보티컬 칩에서 폭발한
총알 세례를 고스란히 맞을 수밖에 없었다.

파바박! 파파파팍!

엄청난 폭발음과 매캐한 연기가 방 안을 가득 채웠다.

자폭 공격으로 두 다리를 잃은 에릭도, 방금까지 그의 목
을 잡고 서 있던 최치우의 모습도 연기에 가려져 보이지 않았
다.

*   *   *

에릭이 버튼을 누르는 순간, 최치우의 본능이 몸보다 한발 앞서 반응했다.

로보티컬 칩은 자폭 버튼의 신호를 받고 즉시 폭발했다.

하지만 아주 약간, 시계로도 잴 수 없는 차이가 엄연히 존재한다.

0.01초 정도 될까.

하지만 최치우의 본능은 찰나의 순간을 놓치지 않고 낚아챘다.

단전에 잠든 내공은 자동으로 호신강기(護身罡氣)를 일으켰다.

호신강기는 순수한 내공을 발산해 방패막을 형성하는 절정의 경지다.

무림에서도 절대고수의 반열에 들어선 극소수만 호신강기를 발휘할 수 있었다.

우웅!

폭발과 거의 동시에 호신강기가 최치우를 감쌌다.

그러나 완벽할 순 없었다.

최치우의 의지와 생각으로 발생시킨 게 아니라 무의식적 보호 본능으로 호신강기가 펼쳐졌기 때문이다.

파파파파팍―!

요란한 폭발음이 울리고, 에릭 한센의 무릎에서 튀어나온 총탄이 최치우의 전신을 때렸다.

보통 사람 같았으면 온몸이 벌집이 돼 즉사했을 것이다.

하지만 최치우는 호신강기로 몸을 지켰다.

투두두두두두—

대부분의 총탄은 최치우의 몸 위로 얇게 생성된 호신강기를 뚫지 못했다.

대신 사방으로 튕겨지며 작은 방을 엉망으로 만들었다.

물론 최치우도 피해를 입을 수밖에 없었다.

무방비 상태로 코앞에서 폭발에 휩쓸렸기 때문이다.

미처 호신강기가 생성되지 못한 곳은 총탄에 꿰뚫리고 말았다.

왼쪽 허벅지에 두 발, 오른쪽 종아리에 한 발, 그리고 양 옆구리에 각각 한 발씩.

모두 다섯 발의 총탄이 최치우를 스치고 지나갔다.

급소는 피했지만 그의 옷은 붉은 피로 흠뻑 젖었다.

"에릭 한센!"

최치우는 분노를 숨기지 않았다.

사자후를 터뜨리며 염라대왕처럼 눈을 무섭게 치떴다.

그러나 에릭 한센의 몰골은 이미 처참하기 그지없었다.

최후의 수단으로 로보티컬 칩을 폭발시킨 대가는 혹독했다.

에릭의 두 다리, 정확히 말하면 무릎 아래가 복구할 수 없이 절단돼 버렸다.

로보티컬 칩이 터지는 충격을 견디지 못한 것이다.

론 폴 박사의 경고대로 에릭은 두 다리를 잃으며 최치우를 죽이려 했다.

하지만 최치우는 피범벅이 됐어도 우뚝 서서 압도적인 기운을 뿜어내고 있었다.

반면 바닥에 쓰러진 에릭은 다리를 잃은 채 죽을 것 같은 고통을 느끼며 끙끙거렸다.

에릭 한센의 절망은 최치우 때문에 끝없이 깊어졌다.

이렇게 해도 최치우를 죽이는 데 실패한 것이다.

무슨 수를 써도 넘을 수 없는 벽 앞에서 인간은 초라해질 수밖에 없다.

"흐어어… 흐으으으……."

에릭은 어린아이처럼 서럽게 울고 있었다.

눈물 콧물을 짜내며 펑펑 우는 모습은 월스트리트의 천재답지 않았다.

단순히 육체의 고통 때문에 이만큼 망가진 모습을 보이는 것은 아니었다.

모든 게 끝났고, 더 이상 되돌릴 길이 없다는 걸 인정하기 때문이다.

"또다시 선을 넘었군."

최치우는 에릭을 내려다보며 싸늘하게 말했다.

일말의 자비도, 동정심도 베풀 가치가 없다.

조금 있으면 폭발음에 놀란 사람들이 방 안으로 달려올 것이다.

한껏 추해진 에릭 한센을 심판할 수 있는 기회는 지금뿐이었다.

"망가질 대로 망가진 너에게 어떤 것도 바라지 않겠다."

최치우는 결단을 내렸다.

네오메이슨의 속사정이 궁금했지만, 정보가 아쉬워 에릭 한센에게 의미를 부여하고 싶지 않았다.

눈앞에서 자폭테러까지 당한 마당이다.

이제는 정말 종지부를 찍을 때가 됐다.

"지옥으로 가라."

"흐어어어ー!"

죽음을 직감한 에릭이 두 팔을 휘저으며 절규했다.

최치우는 자기 손을 더럽히고 싶지 않았다.

"인페르노."

6서클 화염 마법이 에릭 한센의 몸에서 타올랐다.

순식간에 활활 타오르는 지옥의 불꽃이 에릭의 몸을 통째로 집어삼켰다.

인페르노는 어떤 증거도 남기지 않고, 일말의 미련마저 모조리 태워 버릴 것이다.

쾅앙ー!

"대표님!"

"방금 폭탄 터지는 소리가!"

그때 비로소 브라이언과 퓨처 모터스 직원들이 방문을 열어젖혔다.

난데없는 폭발에 다들 놀라 얼어붙었던 것이다.

겨우 이성을 찾고 문을 연 사람들은 귀신을 본 듯 창백해졌다.

최치우는 피를 뚝뚝 흘리며 서 있었고, 그 너머 에릭 한센으로 보이는 사람은 불에 타 잿더미로 변하는 중이다.

상상조차 하기 어려운 광경이었다.

비록 임시 주주총회에서 극단적 대립이 있었지만, 이런 결과를 예상한 사람은 아무도 없었다.

"대, 대표님⋯⋯."

오죽하면 침착한 브라이언이 말을 더듬거릴 정도였다.

최치우는 무표정한 얼굴로 고개를 돌렸다.

퓨처 모터스의 임시 주총에 참여한 투자자들도 목격자가 됐다.

이럴수록 빠르고 정확하게 수습을 해야 한다.

"911, 그리고 경찰도 같이 불러주세요. 주총 결과에 불만을 품은 에릭 한센이 자살 폭탄테러를 시도했습니다."

"⋯⋯!"

다들 영혼이 빠져나간 얼굴이었다.

피와 불꽃이 뒤섞인 장면을 보고 있지만 막상 최치우에게 설명을 들으니 더 놀라웠다.

그나마 브라이언이 정신 줄을 붙잡고 폰을 꺼냈다.

"여기 지금 불이 나고 있어요! 그리고 피를 흘리는 사람도⋯ 당장 앰뷸런스, 앰뷸런스!"

거대한 혼란이 파티장을 덮쳤다.

파티의 끝을 비극으로 장식한 최치우는 포커페이스를 유지하고 있었다.

그런 모습이 투자자들에겐 두려움을 불러일으켰다.

어렴풋이 느끼고 있었지만, 최치우가 자신들과 같은 부류의 인간이 아님을 깨달은 것이다.

거물 투자자들이 최치우를 무서워하게 된 것은 마냥 나쁜 일이 아니다.

앞으로 주주들을 통제하고 컨트롤하는 게 한결 수월해질 수도 있다.

인간은 존경보다 공포에 더 취약한 존재다.

에릭 한센이라는 페이지를 접은 최치우는 존경과 공포를 아우르는 제왕으로 거듭나고 있었다.

피와 불꽃은 새로운 단계로 나아가는 최치우의 대관식에 아주 잘 어울리는 재료였다.

*   *   *

충격적인 뉴스가 세계를 강타했다.

월스트리트에서 두각을 나타낸 한센 가문의 대표 에릭 한센, 그가 자살 폭탄테러를 일으키고 사망한 것이다.

테러의 대상은 다름 아닌 최치우였다.

범행 동기는 명확했다.

그동안 비즈니스 영역에서 마찰이 잦았고, 퓨처 모터스 주총에서 대립한 게 결정적 원인이었다.

테러에 실패한 에릭 한센은 폭발에 휩쓸려 죽었고, 피해자인 최치우는 찰과상 및 관통상을 입었다.

그야말로 영화 같은 사건이었다.

젊은 나이에 엄청난 부와 명예를 쌓은 천재 두 명의 싸움은 흥미를 유발시키는 소재이다.

게다가 결말까지 자극적이었다.

에릭의 죽음으로 한센 가문은 폐업을 할 수밖에 없었다.

무리를 하며 사들인 퓨처 모터스 지분은 에릭의 여동생 델피 한센에게 상속됐고, 그녀는 지분을 매각해 현금화시킨 다음 잠적했다.

최치우는 한동안 언론에 모습을 드러내지 않고 치료에 집중했다.

사실 치료를 받는 데 오랜 시간이 걸리진 않았다.

허벅지 관통상은 꽤 심각했으나 최치우의 회복력은 인간답지 않았다.

짐승, 아니, 괴물처럼 자가 회복 하는 모습을 의사들에게 보여주기 부담스러울 지경이었다.

주총과 자폭테러라는 굵직한 사건이 있었던 봄이 지나고, 사람들의 들끓는 관심이 조금 잦아들 무렵.

최치우는 다시 수면 위로 기지개를 켤 준비를 하고 있었다.

남몰래 뉴욕에 머무른 그는 자주 이용하는 호텔 스위트룸 침대에서 눈을 떴다.

"일찍 일어났네?"

최치우가 눈을 비비며 말했다.

침대 옆 화장대에는 유은서가 앉아서 메이크업을 하고 있었다.

함께 밤을 보내고 먼저 일어나 출근 준비를 하는 것이다.

"남자 친구 왔다고 지각하면 안 되잖아."

"역시 프로의 향기가 난다."

최치우는 씨익 웃으며 고개를 끄덕였다.

아침부터 UN 본부로 출근하는 유은서와 달리 최치우의 일정은 여유로웠다.

뉴욕에서 이런저런 사람들을 만나고 있지만 시간에 쫓기지 않았다.

모처럼 가지는 여유였다.

주총에서 퓨처 모터스 경영권을 방어하고, 에릭 한센이라는 숙적까지 완전히 제거했기 때문일까.

최치우는 지난 한 달 가까이 그림자처럼 움직였다.

100m 달리기든 마라톤이든 결승선을 넘은 다음에는 반드시 숨을 골라야 한다.

그래야 다시 신발 끈을 조이고 달릴 수 있다.

4월부터 5월까지는 최치우가 숨을 고르는 기간이었다.

그렇다고 아무 일도 안 하고 놀 수만은 없었다.

중요한 사람들을 만나고, 올림푸스와 퓨처 모터스의 비즈니스 전반을 체크했다.

앞만 보고 달리는 것은 리더의 자세가 아니다.

맹렬히 질주하면서 전후좌우를 다 살펴봐야 한다.

최치우는 올림푸스에 새로운 모멘텀이 필요하다고 판단했다.

비즈니스에 있어 현상 유지는 존재하지 않는 개념이다.

발전하거나 퇴보하거나, 둘 중 하나밖에 없다.

현재에 안주하면 알게 모르게 뒤처진다.

"오늘은 누구를 만나?"

유은서가 최치우에게 선물 받은 티파니 귀걸이를 하면서 입술을 달싹였다.

최치우는 이불을 걷고 침대에서 일어나며 대답했다.

"오늘? 케냐 대통령이랑 알렉산드로 총장."

아무렇지 않게 대답했지만 내용은 어마어마했다.

케냐의 대통령과 UN 사무총장을 동시에 만나는 사람이 지구에 몇 명이나 될까.

하지만 최치우에겐 일상적인 미팅이었다.

노는 물이 다르다는 말은 이럴 때 쓰는 것 같았다.

최치우는 불과 몇 년 전까지 쳐다만 보던 천외천의 세계에 당당히 진입했다.

마침내 아마존, 애플, 페이스북의 CEO와 비슷한 위치에서 세상을 변화시키는 주역이 됐다.

마음만 먹으면 누구든 만날 수 있는, 오히려 다른 거물들이 최치우를 만나기 위해 줄을 서는 날이 온 것이다.

"총장님 뵙기로 했어?"

"웅. 그런데 본부에서는 아니고, 호텔에서."

"하긴, 비공개 미팅이면 그럴 수밖에 없겠네. 난 또 본부로 오면 얼굴 한번 더 보려고 했잖아."

"밤새 보고도 모자라?"

최치우가 미소를 지으며 유은서의 옆구리를 간지럽혔다.

확실히 20살 시절 연애를 할 때와는 느낌이 달랐다.

훨씬 깊은 사이가 된 것 같았다.

"나 지각하면 책임질 거야?"

"책임져야지."

"안 돼, 나중에. 일찍 올게."

유은서가 최치우를 다독이고 일어났다.

수많은 사람들의 영웅으로 군림하는 최치우도 한 여자 앞에서는 어린아이가 됐다.

"잘 갔다 와."

"너도 얼른 준비해."

"그래야지."

최치우는 짧은 키스로 유은서를 배웅했다.

서두를 필요는 없지만 늦으면 곤란하다.

다른 사람들도 아니고, UN 사무총장과 케냐 대통령을 기다리게 할 수는 없다.

"역사적인 삼자대면이 되겠군."

드넓은 스위트룸에 혼자 남은 최치우가 미소를 지었다.

유은서에게 장난을 칠 때와는 완전히 다른 표정과 눈빛이 나왔다.

최치우가 이중인격자인 게 아니다.

휴식과 일을 철저히 구분하는 것이다.

어쩌면 오늘 꽤 오래 공들인 여명 작전의 대미를 장식할지 모른다.

삼자대면 결과에 따라 아프리카 중부의 핵심 국가인 케냐에도 올림푸스 깃발이 꽂힐 것 같았다.

샤워실로 들어가는 최치우의 걸음걸이에 자신감이 뚝뚝 묻어 나왔다.

잠행을 끝내고 수면 위로 튀어 올라 용솟음칠 시간이 다가오고 있었다.

6장

진군

세 사람이 비밀리에 모였다.

뉴욕 시내에서 사람들의 시선을 피하기란 무척 어려운 일이다.

게다가 미국의 파파라치는 얼마나 끈질긴지 모른다.

국내의 언론과는 비교할 수 없는 집념으로 유명인을 쫓아다 닌다.

그럼에도 불구하고 최치우와 알렉산드로 총장, 케냐의 움바 투 대통령은 소리 소문 없이 한자리에 모일 수 있었다.

세 명이 만나기로 약속한 호텔 최고층은 며칠 전부터 완벽하 게 통제가 됐다.

뉴욕 경찰도 UN 사무총장의 주요 일정에는 최대한 협조를 한다.

기자들과 파파라치의 끈기가 아무리 대단해도 절대 넘을 수 없는 벽을 친 것이다.

100명이 들어와도 남을 연회장 안에는 오직 세 사람밖에 없었다.

심지어 호텔 직원의 출입도 허락되지 않았다.

UN과 뉴욕 경찰 소속의 경호원들도 연회장 바깥에서 출입구를 지켰다.

도청 장치를 수색하는 작업도 마지막까지 철저하게 이뤄졌다.

그야말로 물 샐 틈도 없이 깐깐하게 사전 준비를 마친 장소였다.

괜히 유난을 떠는 게 아니었다.

알렉산드로 총장의 영향력은 전 세계에 걸쳐 광범위하게 퍼져 있다.

비록 UN이 종이호랑이라는 비판을 받기도 하지만, 세계정부라는 칭호는 단순한 수식어가 아니다.

마음먹기에 따라 알렉산드로 총장은 국제사회의 정세를 뒤바꿀 수 있다.

움바투 대통령도 만만치 않다.

영향력의 범위는 좁지만, 집중도는 알렉산드로 총장을 뛰어넘는다.

케냐는 아프리카를 대표하는 국가로 손꼽힌다.

특히 중부 지역에서 케냐의 발언권은 막강하기 짝이 없다.

움바투 대통령은 케냐를 통치하고 있지만, 실제로는 아프리카 대륙을 움직이는 극소수의 지도자 중 한 사람이다.

마지막으로 도착한 최치우 역시 설명이 불필요한 인물이었다.

올림푸스는 소울 스톤을 비롯해 다양한 비즈니스로 인류의 미래를 선도하고 있다.

뿐만 아니라 퓨처 모터스는 세계 자동차 시장의 지형을 바꾸는 중이다.

최치우는 지구의 진보를 10년 이상 앞당긴 혁신적인 리더로 거론된다.

인기와 명예, 그리고 자산으로 따지면 알렉산드로 총장과 움바투 대통령을 능가하는 것이다.

이렇게 세 사람이 모였다는 사실만 알려져도 뜨거운 화제를 낳을 게 뻔했다.

게다가 알렉산드로, 움바투, 최치우는 아주 중요한 결정을 내리기 위해 시간을 냈다.

심하다 싶을 정도로 보안 유지에 각별한 신경을 쓸 수밖에 없었다.

"그럼 올림푸스의 케냐 진출은 확정된 것이나 다름이 없겠습니다."

알렉산드로 총장이 입을 열었다.

올림푸스와 케냐 정부는 사전 조율을 마쳤다.

남아공 본부장 이시환이 케냐의 장관들을 만났고, 구두계약까지 성사시켰다.

움바투 대통령과 최치우는 오늘 처음 만나지만 벌써 몇 번이나 통화를 하고 서신을 주고받았다.

사실 둘이 따로 만나 도장만 찍으면 되는 일이다.

올림푸스의 케냐 진출에 UN이 관여할 부분은 많지 않다.

그럼에도 불구하고 알렉산드로 총장과 삼자대면을 성사시킨 이유가 있었다.

"총장님, 아시는 것처럼 아프리카의 치안은 여전히 불안합니다. 올림푸스가 케냐를 통해 중부로 진출하게 되면 온갖 게릴라와 반군들이 이빨을 드러낼 겁니다. 하지만 케냐 정부의 군대를 동원하기 어려운 상황입니다."

최치우가 본론을 꺼내며 움바투 대통령을 쳐다봤다.

판을 깔았으니 직접 나서서 마무리를 지으라는 뜻이었다.

"크흠, 흠. 총장도 알다시피 우리가 추가적으로 병력을 지원할 수 있는 상황이 아니지 않소? 그렇다고 UN 평화유지군을 전투가 일어날지 모르는 현장에 배치할 수도 없고……."

알렉산드로 총장은 눈치가 빨랐다.

그는 무표정한 얼굴로 최치우와 움바투를 번갈아 쳐다보며 물었다.

"두 분이 말을 맞추고 온 것 같은데, UN에 바라는 게 무엇입니까?"

"올림푸스 남아공 본부에 소속된 사설 무장단체, 헤라클레스의 케냐 진출을 UN이 묵인해 주면 좋겠습니다."

최치우는 빼지 않고 희망 사항을 말했다.

UN은 아프리카 곳곳에 평화유지군을 파견해 놓았다.

병력 자체는 여러 나라에서 차출한 것이다.

그러나 평화유지군을 최종적으로 지휘하는 역할은 UN이 맡고 있다.

지금까지 헤라클레스는 남아공의 울타리 안에서 커왔다.

하지만 케냐를 기점으로 영역을 넓히고, 규모를 대폭 키우려면 UN 평화유지군의 묵인이 필요하다.

최치우는 케냐 진출을 명분으로 삼아 헤라클레스 병력을 1,000명까지 늘릴 생각이었다.

헤라클레스를 단순한 사설 무장단체가 아닌, 아프리카의 웬만한 정부군을 제압할 수 있는 특수부대로 만들려는 것이다.

"상당히 곤란한 부탁이라는 것은 대통령과 대표님 모두 아실 것 같습니다."

알렉산드로 총장은 쉬운 상대가 아니다.

UN 내부의 네오메이슨을 쓸어버리며 최치우와 손을 잡았지만, 사안에 따라 얼마든지 적이 될 수도 있다.

그는 초강대국 미국의 압력과도 맞서 싸우는 외골수이다.

최치우는 이런 사람을 어떻게 다뤄야 하는지 잘 알고 있었다.

지난 환생에서의 경험이 도움이 됐다.

최치우가 경험한 차원마다 알렉산드로 총장 같은 강골(强骨)은 반드시 존재했다.

'힘으로 굴복시키는 것도, 당근으로 회유하는 것도 어렵다. 명분을 주는 게 최선이지.'

최치우는 알렉산드로 총장이 결단을 내릴 수 있는 명분을 준비했다.

아프리카의 발전과 평화.

UN 입장에서 이보다 중요한 명분은 많지 않다.

"올림푸스는 케냐에 소울 스톤 발전소를 건설하는 것도 고려하고 있습니다."

알렉산드로 총장의 눈동자가 흔들리고 있었다.

일반적인 기업 투자와 소울 스톤 발전소는 맥락이 완전히 다른 이야기다.

주요 선진국들은 소울 스톤 발전소를 유치하지 못해 안달이다.

이제 몇 달만 지나면 독일 라이프치히도 발전소의 혜택을 보게 될 것이다.

그런데 북미나 유럽, 아시아가 아닌 아프리카에 세 번째 소울 스톤 발전소를 지을 수도 있다니.

지역 균형 발전을 주장하는 UN조차 감히 상상하지 못한 일이었다.

최치우는 구구절절 설명을 덧붙이지 않았다.

소울 스톤 발전소가 들어서면 케냐와 아프리카 중부가 어떻게 바뀔까.

먼저 그동안 투자를 망설이던 국가와 기업이 앞장서 결정을 내릴 것이다.

올림푸스는 국제사회에서 불패의 신화를 쓰고 있다.

최치우가 대대적인 투자를 결정한 국가, 그 자체가 보증 수표인 셈이다.

무작정 난개발을 일삼던 아프리카의 분위기도 사뭇 달라질 것 같았다.

소울 스톤 발전소는 친환경 대체에너지 기술의 정점으로 불린다.

이제까지 친환경은 선진국의 전유물이었다.

산업화 시대의 수혜를 누린 선진국이 뒤늦게 친환경으로 관심을 돌리는 것이다.

반면 한창 성장하기 급한 개발도상국에게 친환경은 거추장스러운 짐이었다.

당장 먹고살기 힘든데 친환경이라는 사치를 부릴 여유가 없었다.

하지만 소울 스톤 발전소는 기존의 상식을 파괴한다.

엄청난 에너지를 생산하고, 동시에 관광 명소로 자리매김하면서 공해물질을 거의 배출하지 않는다.

무엇보다 상징적인 의미가 크다.

21세기가 시작되고 20년 가까운 세월이 흘렀다.

그러나 아직까지 아프리카는 제대로 알려지지 않았다.

여전히 미개한 대륙이라고 폄하하는 사람들이 공공연하게 돌아다닐 정도다.

바로 그곳에 인류가 만든 친환경 과학기술의 정수인 소울 스톤 발전소가 세워지는 것이다.

알렉산드로 총장은 어마어마한 변화의 물결이 아프리카를 뒤덮을 거라 생각했다.

"UN이 헤라클레스를 묵인해 주면 정말 소울 스톤 발전소를 지을 겁니까?"

거절하기로 마음먹은 사람은 이런 질문을 하지 않는다.

최치우는 미소를 지으며 고개를 끄덕였다.

"올림푸스는 그 어떤 기업보다 아프리카에 큰 관심을 갖고 있습니다. 낙후된 남아공 광산지대가 올림푸스의 진출 이후 새롭게 바뀌었습니다. 우리의 진정성을 믿어주십시오."

알렉산드로 총장과 최치우가 핑퐁을 주고받는 사이 움바투 대통령은 커다란 눈알을 이리저리 굴리고 있었다.

두 사람이 합의를 해야 움바투가 어부지리를 얻을 수 있기 때문이다.

어설프게 끼어들어 초를 치는 것보단 가만히 있는 게 최치우를 도와주는 것이다.

하지만 알렉산드로 총장은 만만하지 않았다.

갑자기 질문의 화살을 움바투 대통령에게 돌렸다.

"대통령님, UN이 올림푸스의 요구조건을 들어주면 케냐가 가장 큰 이득을 누리겠습니다."

"흠, 뭐 꼭 그렇다고는……."

"단도직입적으로 케냐의 정치적 상황이 매우 불안정하지 않습니까?"

정곡을 찔린 움바투가 움찔했다.

설마 UN 사무총장이 대놓고 케냐의 정치 불안을 언급할 줄 몰랐기 때문이다.

이번에는 최치우가 나서지 않고 알렉산드로 총장의 플레이를 지켜봤다.

올림푸스에 해가 되는 일이 벌어질 것 같진 않았다.

"소울 스톤 발전소가 들어서면 움바투 대통령님의 지지율도 수직 상승할 것 같습니다. 올림푸스 덕분에 정치적 위기를 타개하게 될 테니 케냐에서도 좋은 보상 조건을 제시했을 것이고, 안 그렇습니까?"

"크흠, 흠, 흠."

알렉산드로 총장은 최치우와 움바투가 맺은 계약을 꿰뚫어 보고 있었다.

최치우는 여유로운 표정으로 긍정도 부정도 하지 않았다.

식은땀을 뻘뻘 흘리는 움바투와 대조적인 모습이다.

'총장은 넘어왔다. 깽판을 칠 거면 길게 말할 필요도 없으니까.'

최치우는 협상이 막바지에 다다랐음을 직감했다.

알렉산드로 총장이 날카롭게 추궁하는 이유는 하나다.

움바투 대통령에게 뭔가를 얻어내기 위해서였다.

아니나 다를까.

UN의 수장은 케냐 대통령의 약점을 놓치지 않았다.

"우리도 갑자기 케냐가 정치적 격변기를 맞이하는 것을 바라지 않습니다. 평화롭고 안정적인 발전, 그게 UN이 아프리카에 바라는 유일한 것입니다. 대신… 야당 정치인과 언론사 기자들에 대한 탄압은 적당히 하는 게 어떻습니까."

"내가 언제 탄압을 했다고 그러시오, 총장?"

"감옥에 갇힌 기자들부터 석방하십시오. 무기한 가택연금을 지시한 야당 정치인들에게 자유를 주는 것도. 어차피 올림푸스가 투자를 하고, 케냐 경제가 살아나면 대통령의 인기는 높아질 텐데 무엇이 그리 걱정이십니까?"

"크흐음… UN이 내정을 간섭하는 것은 아니리라 믿소."

"내정간섭이 아니라 거래입니다. 받아들인다면 헤라클레스의 케냐 진출을 문제 삼지 않겠습니다."

최치우는 때가 왔음을 느꼈다.

그는 움바투 대통령과 동맹을 맺은 게 아니다.

올림푸스는 케냐가 필요할 뿐, 움바투 대통령이 필요한 게 아니었다.

더구나 알렉산드로 총장의 조건은 모두 이치에 맞는 말이었다.

"UN이 헤라클레스를 묵인하면 우리는 약속대로 케냐에 대한 투자를 이행하겠습니다."

최치우는 UN에게 조건을 내밀었고, UN은 케냐에게 또 다른 조건을 제시했다.

물고 물리는 삼각관계에서 가장 약자는 움바투 대통령이다.

올림푸스의 투자가 성사되지 않으면 정치적 입지가 위태로워 질 것은 기정사실이기 때문이다.

"알겠소, 내 통 큰 결단을 내리지. 기자들을 석방하고 언론의 자유를 최대한 보장하리다. 지긋지긋한 야당 놈들도 마음껏 떠들라고 하겠소."

"UN에서 정식으로 합의문을 보내겠습니다."

"그거야 총장 마음대로 하시오."

움바투 대통령이 UN의 조건을 받아들였다.

나름대로 승부수를 던진 셈이다.

최치우는 눈을 빛내며 속으로 감탄을 흘렸다.

움바투 대통령이 케냐의 정치적 자유를 높이게 되면 전 세계가 UN을 칭찬할 것이다.

알렉산드로 총장의 명예와 입지도 그만큼 더 탄탄해질 것 같았다.

'기회를 놓치지 않는군. 차라리 잘됐다. 총장도 얻어가는 게 있어야지.'

이로써 세기의 삼자대면은 성공적으로 끝났다.

움바투 대통령은 원하는 대로 올림푸스의 투자를 받게 됐고, 최치우는 UN의 눈치를 볼 필요 없이 기회의 땅 케냐로 진군하면 된다.

알렉산드로 총장도 케냐 대통령을 설득해 평화적인 조치를 이끈 공을 세웠다.

실제로 가장 많은 파이를 획득한 사람은 단연 최치우였다.

아프리카라는 거대한 대륙의 경제권, 그리고 병력까지 최치우가 거머쥐게 됐다.

최치우가 이토록 아프리카에 집중하는 이유는 또 있었다.

"총장님, 대통령님, 어렵게 모였으니 꼭 드리고픈 말씀이 있습니다. 혹시 아프리카 인구 말살 정책이라는 파일을 알고 계십니까?"

*   *   *

최치우와 알렉산드로 총장, 움바투 대통령은 세계에서 가장 바쁜 사람들이다.

언제 다시 한자리에 모일지 아무도 장담할 수 없다.

그렇기에 최치우는 강력한 폭탄을 투하했다.

아직 100% 확실한 자료를 모은 것은 아니었다.

하지만 모처럼 찾아온 기회를 살리지 못하면 일이 훨씬 어려워질 것 같았다.

아프리카 인구 말살 정책.

듣기만 해도 모골이 송연해지는 말이다.

어려운 협상을 방금 막 마치고 꺼낼 이야기로 어울리진 않았다.

자칫하면 UN과 케냐 정부, 그리고 올림푸스의 삼자협약도 틀어질지 모른다.

최치우는 꽤 많은 것을 걸고 승부수를 던진 셈이다.

"처음 듣는 말인데, 그런 파일이 있단 말이오?"

움바투 대통령이 커다란 눈을 꿈벅거리며 물었다.

최치우는 그를 쳐다보지 않았다.

시종일관 바위처럼 꼿꼿한 알렉산드로 총장의 반응이 궁금했다.

"UN 내부에서 음모론처럼 떠도는 이야기로 알고 있습니다만."

제법 솔직한 대답이 나왔다.

알렉산드로 총장은 파일의 존재를 인정했다.

비록 음모론으로 치부했지만, 아예 없는 이야기라고 모르는 척하지는 않았다.

그것만으로 충분하다.

최치우는 두 사람을 바라보며 말을 이어갔다.

"올림푸스에게 있어 아프리카는 광활한 기회의 땅입니다. 단순히 돈을 많이 벌 수 있어서가 아닙니다. 아프리카가 평화롭게 개발될 때, 인류는 새로운 성장 동력을 찾을 수 있습니다. 그런데 아프리카의 발전을 원하지 않는, 오히려 끝없는 혼란과 고통을 원하는 세력이 있는 것 같습니다."

"대표님, 떠도는 음모론과 다른 내용이 있는 겁니까?"

알렉산드로 총장이 단도직입적으로 물었다.

최치우는 망설이지 않고 고개를 끄덕였다.

"올림푸스와 퓨처 모터스를 이끄는 제가 근거 없는 음모론 따위에 관심을 기울이겠습니까? 그만큼 중요한 문제입니다."

"그렇다면… 다음 일정을 취소하겠습니다."

UN 사무총장의 스케줄은 인기 연예인보다 더 바쁘다.

하루에도 여러 개의 공식 행사와 비공식 미팅이 줄지어 기다리고 있다.

갑자기 일정을 늘리거나 취소하는 것도 쉽지 않다.

대부분 국가수반이나 장관급 이상과 일정을 잡아놓기 때문이다.

그러나 알렉산드로 총장은 결단을 내렸고, 움바투 대통령도 뒤따랐다.

"그럼 나도 오늘 스케줄은 비우겠소, 크흠."

최치우는 의미심장한 표정을 지으며 말했다.

"두 분의 시간, 결코 아깝지 않을 겁니다."

삼자대면의 새로운 페이지가 열렸다.

어쩌면 헤라클레스를 인정받고, 케냐의 미래를 바꾸는 것보다 더 중요한 대화가 오갈지 모른다.

최치우는 눈을 날카롭게 빛내며 숨을 골랐다.

언제 다시 돌아올지 장담할 수 없는 기회다.

UN 사무총장과 아프리카 주요국 대통령 앞에서 네오메이슨의 음모를 언급할 수 있는 기회.

일정까지 취소한 두 사람을 실망시키면 머나먼 길을 돌아가야 한다.

반면 오늘 결과에 따라 지름길을 뻥 뚫을 수도 있다.

"자리를 옮기시죠."

최치우가 두 사람을 새로운 장소로 이끌었다.

역사적인 삼자대면이 예측할 수 없는 영역으로 뻗어나가고 있었다.

*   *   *

최치우는 에릭 한센만 몰락시킨 게 아니었다.

한센 가문을 짓밟으며 뿌리조차 남기지 않았다.

당연하다면 당연한 수순이었다.

에릭 한센은 퓨처 모터스 지분을 확보하기 위해 거듭 무리수를 뒀다.

덕분에 임시 주총을 소집하고, 최치우를 턱밑까지 위협했지만 결국 패배했다.

최후의 승부에서 절망을 맛본 에릭은 자살 폭탄테러라는 극단적인 선택으로 생을 마감했다.

에릭의 죽음은 온 세상을 떠들썩하게 만들었다.

하지만 현대사회에서 죽음으로 모든 게 해결되진 않는다.

특히 냉정한 비즈니스 정글에서 자살은 최악의 수단 중 하나이다.

에릭의 죽음으로 한센 가문의 상속자는 여동생 델피로 바뀌었다.

최치우는 델피와 한센 가문에 정식으로 소송을 제기했다.

에릭 한센의 자살 폭탄테러 피해보상 소송은 점점 덩치가 커졌다.

에릭은 우호 지분을 모집하는 과정에서 지키지 못할 약속을 남발했다.

에릭을 믿고 지분을 위임한 투자자들은 한센 가문을 대상으로 소송을 걸었다.

최치우도 가만있지 않았다.

허위 사실에 기초한 불법적인 경영권 위협으로 소송 규모를 키웠다.

수장을 잃은 한센 가문은 걷잡을 수 없이 무너졌다.

월스트리트의 철옹성은 한순간에 모래성이 되어 와르르 부서지고 있었다.

추락하는 것에는 날개가 없다.

그 말이 딱 들어맞았다.

델피 한센은 책임을 회피한 채 잠적했고, 한센 가문이 보유한 자산은 갈기갈기 찢어져 먹잇감이 됐다.

최치우도 전쟁 보상금을 받듯 한센 가문의 자산을 흡수하는 데 일조했다.

미국 법원은 무자비한 판결을 내리기로 유명하다.

변변한 로펌 하나 포섭하기 힘들어진 한센 가문이 몰락을 피할 방법은 없었다.

후환을 남기지 않기 위해 한센 가문을 완전히 몰락시킨 최치우는 자산만 흡수한 게 아니었다.

어차피 다른 투자자들도 한센 가문의 자산을 나누는 데 눈이 빨개져 있었다.

대신 최치우는 한센 가문의 임원들을 포섭하는 데 주력했다.

돈도 중요하지만, 사람을 뺏어오는 데 더 큰 신경을 기울인 것이다.

한센 가문의 임원들은 하나같이 내로라하는 능력자이다.

하지만 당장 갈 곳이 없어진 불안한 상태였다.

업계에서도 한센 가문 출신이라면 선입견을 가질 수밖에 없었다.

수장인 에릭이 자살테러라는 말도 안 되는 결말을 맞이했기 때문이다.

바로 그때 최치우가 손을 내밀었다.

먹고사는 문제 앞에서 과거의 악연은 사소해진다.

냉정하게 말하면 최치우와 에릭의 싸움이었을 뿐, 한센 가문의 임원들은 시키는 대로 움직인 월급쟁이었다.

물론 초고액 월급쟁이었지만, 머리가 아닌 수족인 점은 변하지 않는다.

최치우는 파격적인 조건으로 한센 가문의 임원들을 받아들였다.

금융계에서 잔뼈가 굵은 그들은 어디서든 제 몫을 해낼 것이다.

하지만 최치우가 진짜 원하는 바는 따로 있었다.

한센 가문의 내부자들이 가지고 있는 고급 정보이다.

사실 정보를 얻기 위해 패잔병인 임원들을 스카우트한 셈이었다.

돈보다 사람이 먼저라는 최치우의 전략은 확실하게 통했다.

한센 가문의 임원들은 새로운 주인의 마음을 사려고 경쟁하듯 내부정보를 꺼냈다.

하나씩 따로 보면 별로 영양가 없는 정보일지 모른다.

그러나 한 조각 한 조각 퍼즐을 맞추면 커다란 그림이 완성된다.

한센 가문의 임원들 중에는 네오메이슨의 하부 조직원도 있었다.

그는 언제 네오메이슨이 자신을 죽일지 모른다며 공포에 질려 있었다.

최치우는 그에게 든든한 경호망을 제공했고, 네오메이슨이란 조직에 대해 한층 깊이 있게 이해할 수 있었다.

아프리카 인구 말살 정책이라는 파일도 정보들을 조합하는 과정에서 툭 튀어나왔다.

삐빅—

최치우가 USB를 노트북컴퓨터에 연결하고 키보드를 눌렀다.

그러자 연결된 대형화면에 PPT가 떠올랐다.

PPT의 첫 번째 페이지는 네오메이슨 조직에 대해 설명하고 있었다.

"네오메이슨. 막강한 금융자본과 정치력을 바탕으로 세계를 조종하는, 아니, 조종한다고 믿는 조직입니다. 이들은 충성을 바친 조직원들에게 부귀영화를 보장합니다. 물론 그것만으로 조직이 비밀스럽게 운영될 수는 없죠. 철저한 점조직 형태를 지키면서 신념의 전사를 키웁니다."

"신념의 전사?"

움바투 대통령이 이해가 가지 않는다는 표정을 지었다.

냉철한 자본 조직과 신념이라는 말은 어울리지 않기 때문이다.

"네오메이슨은 사이비종교와 비슷합니다. 자신들이 과거부터 세상을 올바른 방향으로 지배해 왔고, 앞으로도 그래야 한다는 믿음을 공유하죠. 그렇기 때문에 한번 가입한 사람들이 목숨까지 바치는 겁니다."

"세상을 올바른 방향으로 지배한다… 막강한 힘을 갖고 타락해 버린 음지의 UN이라 생각해도 되겠습니까."

"비슷합니다."

최치우는 알렉산드로 총장의 비유에 고개를 끄덕였다.

물론 UN과 네오메이슨을 동일 선상에서 비교할 수는 없다.

하지만 양지에 UN이 있다면 네오메이슨은 음지의 세계정부 역할을 하려는 게 분명했다.

"그동안 네오메이슨은 금융과 석유를 중심으로 세계의 패권을 장악했습니다. 그렇기에 한 세대 앞서 전기차를 개발한 퓨처 모터스는 네오메이슨이 용납할 수 없는 회사입니다. 퓨처 모터스의 전신인 T-모터스 공장에 불을 지르고, 에릭 한센이 무리하게 경영권을 노린 것도 네오메이슨을 배경에 두고 생각해야 이해할 수 있습니다."

움바투 대통령은 스케일 큰 이야기에 눈만 껌벅거리고 있었다.

그는 똑똑하고 유능한 지도자는 아니다.

그러나 아주 중요한 인물이다.

아프리카 대륙에서 손꼽히는 정치력을 갖고 있기 때문이다.

움바투 대통령을 잘 다독여야 아프리카를 단결시킬 수 있다.

최치우는 움바투와 알렉산드로, 두 사람을 번갈아 쳐다보며 브리핑을 계속했다.

"네오메이슨은 로우 서클, 미드 서클, 하이 서클이라는 세 단계로 구성돼 있습니다. 로우 서클의 멤버들은 점조직의 일원일 뿐입니다. 라이프치히 테러 이후 독일 정부에서 숙청을 당한 공무원들, UN에서 해고당한 143명의 직원들 다수가 로우 서클입니다. 그리고 라이프치히 테러를 사주한 마르코 슈테겐, 독일 교통부 장관의 보좌관이었죠. 그는 미드 서클이었습니다. 에릭 한센은 미드 서클에서 가장 높은 존재, 사실상 하이 서클이나 마찬가지였다고 하더군요."

"에릭 한센이 미드 서클이라면 하이 서클은 대체……."

"어마어마한 사람들 아니겠습니까. 전 세계를 상대로 판을 벌린 사이비 교주들이죠. 아마 정체가 밝혀지면 우리가 아는 유명한 얼굴들이 꽤 나올 겁니다."

공기가 무겁게 가라앉았다.

알렉산드로 총장과 움바투 대통령은 지구의 70억 인구에서

상위 1%에 드는 거물이다.

두 사람이 접하는 정보의 레벨은 일반인들과 비교가 불가능하다.

그럼에도 불구하고 네오메이슨의 실체는 사뭇 충격적으로 다가왔다.

하지만 더 놀라운 이야기는 지금부터 시작될 것이다.

최치우는 아직 아프리카 인구 말살 정책에 대해 설명하지 않았다.

삑—!

PPT의 두 번째 화면이 떠올랐다.

화면에는 지구의 인구증가율과 대륙별 인구증가율이 그래프로 정리돼 있었다.

"선진국은 출산율이 떨어지고 있지만, 개발도상국의 출산율 증가 속도가 훨씬 빠릅니다. 70억을 돌파한 지구의 실제 인구는 80억이 넘을지도 모른다는 말이 있죠. 중국과 인도, 그리고 아프리카의 인구는 통계에 정확히 잡히지 않으니까."

"인구가 늘어나면 지구가 한계에 도달하고, 이를 바로잡기 위해 인위적으로 인구를 줄여야 한다는 주장은 예전부터 있었습니다."

알렉산드로 총장은 인구 말살 정책의 본질을 꿰뚫고 있었다.

최치우는 고개를 끄덕이며 대답했다.

"맞습니다. 그러나 인구를 줄이기 위해선 몇 가지 전제 조건이 필요하죠."

"전제 조건?"

"첫째, 세계경제에 악영향을 끼치지 않을 것. 둘째, 안전하고 선별적으로 인구 말살이 가능할 것."

"그런 조건은 비인도적… 아니, 인위적으로 인구를 줄이는 정책 자체가 비인도적이지만."

"네오메이슨은 인도주의를 따지지 않습니다, 총장님."

최치우가 다시 한번 차가운 현실을 환기시켰다.

네오메이슨은 망상에 빠진 사이비종교와 달리 현실에서 목적을 달성할 수 있는 힘을 가졌다.

모든 가능성을 열어놓고 그들의 음모를 파악해야 한다.

"두 가지 조건을 만족하는 지역은 하나밖에 없습니다."

"아프리카."

이번에는 움바투 대통령이 대답했다.

멀뚱거리던 그의 얼굴은 강렬한 분노로 물들어 있었다.

이제야 비로소 네오메이슨이 무슨 짓을 하려는지 체감이 된 것이다.

"네오메이슨은 아프리카 대륙에 재해와 전쟁을 일으키려 합니다. 선진국과 동떨어진 곳에서 전쟁이 일어나면 군수업과 물류업이 호황을 맞이하고, 정체된 세계경제가 뜨거워지겠죠. 당연히 네오메이슨도 엄청난 이익을 보게 될 겁니다. 또 아프리카 대륙에 국한된 재해와 전쟁이기 때문에 미국, 유럽 같은 서방국가는 인구 말살의 영향에서 안전하게 비껴날 수 있습니다."

"아무리 그래도… 그런 무지막지한……."

움바투 대통령이 주먹을 불끈 쥐고 식은땀을 흘렸다.

분노와 황당함, 두려움 등 복잡한 감정이 뒤얽히고 있었다.

알렉산드로 총장은 말없이 최치우가 띄운 PPT 화면을 노려
봤다.

생각을 정리할 시간이 필요한 것 같았다.

최치우는 두 사람을 향해 결정타를 날렸다.

"우리가 손을 놓고 있으면 아프리카 인구 말살 정책, 이 시나
리오는 언젠가 현실이 될 겁니다."

7장

백년지대계

비밀스럽게 이뤄진 삼자대면은 예정보다 훨씬 늦게 끝났다.

저녁이 지나도록 세 사람의 대화는 멈출 줄 몰랐다.

최치우가 네오메이슨에 대해 알아낸 정보는 피상적이지 않았다.

지난 몇 년 동안 세계에서 유일하게 네오메이슨과 대적해 온 사람이 바로 최치우다.

독일의 메르켈 총리처럼 네오메이슨의 존재를 아는 사람들도 있었다.

하지만 그들은 특별한 계기가 생기기 전까지 앞장서서 네오메이슨과 싸울 이유가 없었다.

네오메이슨은 최대한 수면 아래에서 움직였다.

눈에 띄는 순간 전 세계의 표적이 될 것을 알고 있기 때문이다.

그렇기에 세계의 지도자들은 굳이 긁어 부스럼을 만들지 않고 네오메이슨을 방치했다.

때로는 필요에 따라 그들을 이용할 정도였다.

그렇게 네오메이슨은 몸집을 키우며 기생충처럼 자라났다.

오랜 세월이 흐르고, 결국 숙주를 잡아먹을 만큼 강력하게 변했지만 마땅히 대처할 방법이 없다.

최치우와 올림푸스가 네오메이슨을 잡는 유일무이한 천적이라고 해도 과언이 아니었다.

로우 서클, 미드 서클, 하이 서클의 존재.

네오메이슨이 돈을 빨아들이는 방법.

결정적으로 아프리카 인구 말살 정책까지.

최치우가 어렵게 얻은 정보는 알렉산드로 총장과 움바투 대통령의 마음을 흔들었다.

골치 아픈 짐을 떠안은 셈이지만, 알고도 가만히 앉아 당할 수는 없다.

세 사람은 네오메이슨을 막기 위해 의기투합했다.

길게 볼 것도 없다.

아프리카에서 전쟁이나 학살, 전염병으로 인구가 말살되는 것만은 반드시 막아내야 한다.

네오메이슨은 하루 이틀 준비한 게 아니다.

아프리카 인구를 말살시키며 전쟁으로 호황을 누리려고 아주 오래전부터 치밀하게 준비를 해왔다.

어쩌면 100년에 가까운 계획일지 모른다.

지구의 인구가 포화 상태에 이르고, 선진국의 경제성장이 멈추는 것은 100년 전에도 예측할 수 있는 문제였다.

여러 국가와 기업들은 타개책을 찾으려 고민하는 중이다.

네오메이슨처럼 아프리카 대륙을 희생양으로 삼는 위험한 발상을 하지 않을 뿐.

'한발 앞서지 못하면… 막을 수 없다.'

최치우는 맨해튼의 호텔로 돌아오는 차 안에서 심각한 표정을 짓고 있었다.

삼자대면의 성과는 기대 이상이었다.

올림푸스와 케냐 정부, 그리고 UN이 함께 대책을 세운다면 많은 일을 해낼 수 있다.

하지만 네오메이슨의 위협은 현재진행형이다.

그들이 아프리카 인구 말살 정책을 실현하기 위해 어떤 노림수를 준비했는지 파악하는 게 급선무다.

'게릴라 반군을 움직이는 것만으로 대규모 전쟁이 발생하진 않아. 분명 아프리카의 몇몇 국가들과 연계하고 있겠지.'

최치우는 큰 틀에서 네오메이슨의 전략을 이해하려고 애썼다.

마치 네오메이슨 하이 서클의 멤버가 된 것처럼 고민을 거듭했다.

내가 만약 네오메이슨이라면 어떻게 전쟁을 일으킬까.

그 해답을 찾을 수 있다면 막는 방법도 나올 것이다.

"차근차근, 천 리 길도 한 걸음부터라고 했으니까."

최치우는 혼잣말을 읊조리며 각오를 다졌다.

그래도 1년 전과 비교하면 엄청나게 멀리 왔다.

네오메이슨에게 심대한 타격을 입혔고, 든든한 우군도 늘어났다.

지금 당장 조바심을 내봐야 바뀌는 것은 없다.

네오메이슨이 인구 말살 정책을 실행하기 전까지 아프리카에서 올림푸스의 영향력을 최대한 높이는 게 가장 현실적인 대안이다.

긴 하루를 보내고 돌아온 최치우는 스위트룸 문을 열고 들어섰다.

"많이 늦었네. 힘들었지?"

UN 본부에서 퇴근하고 먼저 도착한 유은서의 목소리가 최치우를 반겨줬다.

그녀 덕분에 최치우는 미소를 지으며 하루를 마무리할 수 있을 것 같았다.

*   *   *

지구는 광대한 행성이다.

최치우가 살았던 어느 차원과 비교해도 마찬가지다.

70억 인구를 수용할 만큼 자원이 풍부하고, 땅과 바다는 끝없이 펼쳐져 있다.

현대 인류의 과학은 우주의 신비를 밝힐 정도로 발전했다.

그렇기에 태양계, 은하계 너머 무한한 가능성이 꿈틀거리는 우주와 지구를 비교하기 쉽다.

물론 우주에 비하면 지구는 먼지 같은 행성이다.

하지만 인간이 살아가는 차원 중에서 손꼽히는 크기인 것은 분명했다.

다른 사람들은 증명할 수 없지만, 직접 8개의 다른 차원을 경험한 최치우는 자신 있게 말할 수 있다.

그러나 지구가 아무리 넓어도 최치우의 종횡무진을 막기는 힘들다.

최치우는 올림푸스 전용기와 함께 전 세계 곳곳을 누비고 다녔다.

불과 며칠 전까지 뉴욕에 머무르며 역사적인 삼자대면을 성사시킨 그는 다시 열사의 땅 아프리카로 날아왔다.

케냐의 수도 나이로비에서 MOU를 체결하기 위해서다.

움바투 대통령도 비슷한 동선으로 케냐에 귀국했다.

세상은 곧 올림푸스의 아프리카 중부 진출을 목격하게 될 것이다.

남아공에서 탄탄한 기반을 쌓으며 현지에 적응한 올림푸스는 케냐와 천문학적 규모의 투자 계약을 맺을 예정이다.

이미 실무진에서 조율은 끝났고, 최치우와 움바투 대통령도 서로를 파트너로 인정했다.

남은 것은 깜짝발표와 공식적인 사인밖에 없다.

유은서를 뉴욕에 남겨두고 아프리카로 온 최치우는 먼저 남아공을 찾았다.

나이로비에서 사인을 하기 전, 아프리카 1차 전진기지인 남아공을 한 번 더 챙기려는 것이다.

뿐만 아니라 남아공 정부의 주요인물들과 미팅이 예정돼 있다.

이시환이 일을 잘해놨지만, 남아공 정부에서 올림푸스의 케냐 진출을 섭섭하게 생각할 여지가 크다.

무엇이든 좋은 것은 독점하고 싶은 게 사람 마음이다.

회사라고 해서 다르지 않다.

기왕이면 올림푸스가 남아공에 투자를 확대하길 바라는 게 당연한 심정일 것이다.

최치우는 남아공 당국자들을 만나 혹시 모를 서운한 마음을 풀어줄 작정이었다.

케냐를 얻기 위해 남아공을 잃을 수는 없다.

최치우는 아프리카 대륙 전체를 포섭할 계획이었다.

그 원대한 야망을 이루려면 아프리카 남부의 맹주인 남아공이 꼭 필요하다.

"오랜만입니다, 대표님. 바쁘신데 이렇게 또 시간을……."

자리에서 일어나 최치우를 맞이한 사람은 남아공의 재무부 장관이다.

남아공 국정을 이끄는 실세가 직접 최치우를 반겨주고 있었다.

딱히 놀라운 일은 아니다.

최치우는 세계 어디를 가도 정상급 국빈 대우를 받는 VIP가 됐기 때문이다.

올림푸스의 위상도 많이 달라졌다.

과거에는 광산 개발권을 따내기 위해 남아공 정부에 잘 보여야만 했다.

하지만 이제는 올림푸스 남아공 본부가 내는 세금이 어마어마해졌다.

더구나 남아공 본부에서 일으킨 투자와 고용이 경제의 한 축을 지탱하게 됐다.

남아공 정부에서 올림푸스를 붙잡으려고 애를 써야 하는 상황이 된 것이다.

"오랜만에 뵙습니다, 장관님."

최치우는 미소 띤 얼굴로 재무부 장관과 악수를 나눴다.

케냐에서는 움바투 대통령이 직접 굵직한 업무를 챙긴다.

그에 비해 남아공에서는 재무부 장관의 영향력이 절대적이다.

오죽하면 대통령은 허울 좋은 명예직이고, 재무부 장관이 1인자라는 말이 나돌 지경이었다.

그러나 최치우는 남아공의 복잡한 정치에 크게 관심을 기울이지 않았다.

상대가 대통령이든 재무부 장관이든 아무 상관이 없기 때문이다.

올림푸스에서 추진하는 일만 잘 통과되면 더 이상 바랄 게 없다.

소문에 의하면 최치우와 악수를 나눈 재무부 장관이 다음 남아공 대통령이 될 가능성이 높다고 한다.

이제껏 마사투 장관에게 공을 들인 올림푸스 입장에선 나쁠 게 없는 시나리오다.

"사실 이시환 본부장과 자주 만나지만, 그래도 대표님 얼굴을 보니 또 다른 기분입니다."

마사투 장관이 뼈 있는 말을 했다.

이왕이면 올림푸스의 최고 책임자인 최치우를 자주 보고 싶다는 뜻이다.

최치우도 마사투 장관의 기분을 맞춰줬다.

"남아공은 올림푸스의 가장 중요한 파트너입니다. 장관님께서 질리도록 더 많이 방문하겠습니다."

"내가 진짜 질리는지 아닌지 한번 지켜봅시다, 허허허!"

최치우의 농담에 분위기가 금방 풀렸다.

사실 마사투 장관도 예전과 달리 최치우를 한껏 예우하고 있었다.

현직 대통령의 최측근인 그는 거만한 태도로 유명하다.

올림푸스가 처음 남아공에 진출할 때는 최치우를 한참 어린 아랫사람처럼 내려다봤었다.

그러나 상황이 180도 달라지고, 최치우의 위상은 UN 사무총장에 버금갈 정도로 높아졌다.

그래서일까.

오랜만에 만난 최치우를 대하는 마사투 장관의 언행은 한층 조심스러웠다.

고작 몇 년 사이 올림푸스와 퓨처 모터스의 시가총액이 100조 원을 넘어 150조에 육박하고 있으니 마사투 장관도 정신을 바짝 차릴 수밖에 없다.

아무리 기세등등한 정권 실세라고 해도 함부로 할 수 없는 사람.

최치우는 이미 한 나라를 뒤덮는 뿌리 깊은 거목으로 성장해 있었다.

"그런데 말입니다. 소문에 의하면 올림푸스에서 소울 스톤 발전소를… 호사가들의 입방정일 뿐이겠지요?"

마사투 장관이 은근슬쩍 본론을 꺼냈다.

세상에 완전한 비밀은 없다.

극비를 유지하기 위해 힘썼지만, 벌써 소식이 전해진 것이다.

최치우는 어설프게 거짓말을 하지 않았다.

대신 마사투 장관의 눈을 똑바로 쳐다봤다.

"솔직히 다른 투자는 우리가 뭐라 할 처지가 못 됩니다. 올림푸스가 남아공 회사도 아니고… 아쉽기는 해도 영역을 확장한다는데 박수를 칠 수 있습니다. 그런데 소울 스톤 발전소를 아프리카에 짓는다면 응당 남아공이 돼야 하는 거 아니겠습니까?"

"장관님."

최치우의 목소리에 힘이 실려 있었다.

마사투 장관도 움찔하고 놀랐다.

항의를 하면서 최치우의 심기를 불쾌하게 만들지 않았는지 스스로를 되돌아본 것이다.

"예전에 이렇게 말씀하셨죠. 남아공과 올림푸스는 이제 친구가 됐다고."

"광산 개발권을 넘기면서 그렇게 말했습니다."

마사투 장관이 고개를 끄덕였다.

최치우는 그의 눈동자에 시선을 고정한 채 말을 이었다.

"올림푸스는 지금도, 미래에도 남아공의 친구일 겁니다. 그리고 하나 더."

"하나 더라는 말씀은……."

"아프리카 대륙의 친구가 되고 싶습니다."

최치우의 목소리에 담긴 묵직한 기운이 마사투 장관을 두드렸다.

마사투 장관의 눈동자가 흔들리고 있었다.

풍채 좋은, 아니, 뚱뚱한 몸이 살짝 떨리는 게 보였다.

"아프리카 대륙이 잘살아야 남아공 경제도 계속해서 발전할 수 있습니다. 국제사회에서 아프리카의 대표 국가인 남아공의 발언권도 훨씬 강해질 겁니다. 아직 소울 스톤 발전소 건립 여부는 결정되지 않았습니다만, 올림푸스가 케냐에 투자하는 것은 결국 아프리카를 살리고 남아공을 살리는 길입니다."

다른 사람의 말이었다면 마사투 장관은 귓등으로도 듣지 않았을 것이다.

하지만 최치우의 말에는 묘한 설득력이 있었다.

그것은 최치우가 말이 아닌 행동으로, 삶으로 증명해 온 업적이 있기 때문이다.

불가능을 가능으로 바꾸고, 자본금 0원에서 시작해 150조 원을 넘보는 글로벌기업을 이룩한 장본인이 자신 있게 내뱉는 말이다.

마사투 장관은 26살의 청년이 내뿜는 순수한 기백에 완전히 압도당했다.

최치우는 단 한 움큼의 내공도 운용하지 않았다.

그저 자신감 하나로 남아공의 실세 지도자를 녹다운시킨 것이다.

"남아공에 대한 투자도 확대하겠습니다. 광산 개발에서 얻은 이익의 상당 부분을 교육에 투자하려 합니다."

최치우는 적절하게 당근도 내밀었다.

사실 누가 뭐라고 해도 소울 스톤 발전소를 케냐에 지을 것이다.

그로 인한 불만을 막기 위해서는 당근과 채찍이 모두 필요하다.

"대표님, 우리는 올림푸스와 친구라는 말만 믿고 가겠습니다."

"100년의 역사를 함께 쓰고 싶습니다."

최치우가 다시금 손을 내밀었다.

마사투 장관이 얼른 두툼한 손으로 최치우의 하얀 손을 맞

잡았다.

간단하게 마사투 장관을 구위삶은 최치우의 남아공 일정은 아직 남아 있다.

그는 내일 해가 뜨자마자 헤라클레스 기지로 이동할 계획이었다.

헤라클레스는 1,000명 이상의 대규모 전투부대로 변신할 것이다.

UN 사무총장에게 정식으로 인가를 받아냈다.

아프리카를 희생양으로 삼기 위한 네오메이슨의 100년 계획.

그리고 아프리카에서 미래의 희망찬 100년을 건설하려는 올림푸스의 계획이 정면으로 맞붙을 날이 다가오고 있었다.

*   *   *

최치우와 헤라클레스 대원들은 더 이상 서로를 낯설어하지 않았다.

뒤늦게 합류한 미국 특수부대 출신 용병들도 마찬가지였다.

그들은 최치우가 얼마나 위대한 인간인지 잘 알고 있었다.

단순히 글로벌 비즈니스에서 전설을 쓰기 때문만은 아니다.

레드 엑스 섬멸전을 함께했던 1기 대원들이 최치우의 활약상을 생생하게 전해줬기 때문이다.

물론 처음에는 누구도 최치우의 활약을 믿지 않았다.

세계적인 대기업을 이끄는 총수가 직접 게릴라 반군 소탕 작전에 참여했다는 걸 누가 믿겠는가.

게다가 베테랑 용병들이 혀를 내두를 정도로 완벽한 지휘를 하고, 가장 위험한 전장에서 적들을 사살했다니.

할리우드 영화 주인공도 이렇게 설정하면 지나치다고 욕을 먹는다.

그런데 거짓말이라고 계속 우기기도 난감했다.

레드 엑스를 몰살시키며 아프리카의 공포로 떠오른 헤라클레스 1기 대원들이 하나같이 진지한 얼굴로 이야기를 거듭했기 때문이다.

그들이 괜한 거짓말로 최치우를 미화시킬 이유가 하나도 없다.

더구나 최치우의 피지컬은 올림픽에서 증명이 됐다.

동양인 최초로 100m 달리기 금메달과 세계신기록을 수립한 것이다.

결국 2기 대원들도 최치우의 혁혁한 전공을 믿게 됐고, 리키의 태도가 쐐기를 박았다.

헤라클레스 대원들이 보기에 리키는 사람이 아니었다.

인간의 한계를 초월한 반사신경과 근력, 그리고 불가사의한 능력으로 날고 기는 용병 출신 대원들을 찍소리도 못하게 만들었다.

처음에는 미국 특수부대 출신이라 거들먹거리던 대원들도 리키와 1 : 1 시뮬레이션을 한 다음 순한 양이 됐다.

1 : 1이 아니라 1 : 5까지 넉넉하게 커버하는 리키의 전투력은 그야말로 측정 불가였다.

그런 리키가 최치우를 사부님으로 모시며 깍듯하게 대한다.

겉으로는 장난스러워 보이지만, 최치우가 죽으라면 죽는 시늉도 할 것 같았다.

전장에서 목숨을 걸고 살아가는 사람들은 절대 돈 앞에 자존심을 버리지 않는다.

돈이 많다고 고개를 숙이는 일은 상상할 수 없다.

최치우가 단순히 헤라클레스의 스폰서에 불과하다면 리키와 1기 대원들의 자세는 훨씬 뻣뻣했을 것이다.

하지만 최치우는 리키의 절대적 존경을 받는 사부이자 1기 대원들의 은인이었다.

최치우는 헤라클레스 대원들로부터 꾸며낼 수 없는 진심 어린 존경을 받았다.

특수부대 출신의 2기 대원들도 최치우를 어려워하며 우러러볼 수밖에 없었다.

대원들을 1,000명 가까이 늘려도 마찬가지일 것이다.

"지금 이 자리에 서 있는 여러분이 적게는 5명에서 많게는 10명 이상의 팀원들을 이끌어야 합니다. 리더가 되는 것이죠. 그럴 준비가 됐습니까?"

최치우가 사막 저편에서 불어온 모래바람을 맞으며 육성으로 질문을 던졌다.

마이크 따위는 필요 없었다.

내공을 쓰지 않아도 아랫배의 힘으로 목소리가 쩌렁쩌렁하게 울렸다.

맞은편에 도열한 200여 명의 헤라클레스 대원들은 미리 합을 맞춘 것처럼 힘차게 대답했다.

"위 어 레디!"

준비가 됐다는 말에 최치우가 만족스러운 표정을 지었다.

헤라클레스는 자유로운 전투부대이다.

그렇지만 대원들의 몸에서 풍기는 서슬 퍼런 군기는 가짜가 아니었다.

언제든 실전에 투입할 수 있는 사막의 정예부대.

최치우가 원하는 그림대로 헤라클레스는 잘 벼려진 칼이 됐다.

역시 가장 큰 공은 리키가 세웠다.

한국에 비해 훨씬 열악한 환경에서 대원들을 담금질한 결과였다.

"어때요, 사부? 걱정 안 해도 된다고 했잖아요."

리키는 뿌듯한 얼굴로 최치우의 옆에 나란히 섰다.

그가 자신감을 보이는 게 이해가 됐다.

눈앞의 헤라클레스 200명과 함께라면 악명 높은 게릴라 반군도 모조리 쓸어버릴 수 있을 것 같았다.

이제는 레드 엑스 때처럼 굳이 최치우가 나서지 않아도 된다.

어느 정도 희생은 있겠지만, 헤라클레스의 전투력은 정규군대를 압살하고도 남는다.

아프리카처럼 정규군대의 무장 상태가 낙후된 곳에서 헤라클레스는 더더욱 큰 위력을 발휘할 수 있다.

펜타곤에서 공수한 최신 무기를 쓰고, 군기와 훈련 상태는 둘째가라면 서럽다.

전투 상황에 따라 달라지겠지만, 헤라클레스 200명이면 아프리카의 정규군 1,000명 이상과 붙어도 패배하지 않을 것 같았다.

"말처럼 쉬운 일은 아니라서. 당장 병력이 5배로 늘어나면 예상 못 한 문제도 발생할 겁니다."

"그렇다고 미룰 수는 없잖아요, 얼롸잇?"

"그거야 그렇지."

최치우와 리키가 서로를 바라보며 씨익 웃었다.

둘은 긴말이 필요한 사이가 아니다.

눈빛만 봐도 대강 뜻이 통한다.

한국과 남아공, 비행기로 20시간 넘는 거리에 떨어져 있지만 각별할 수밖에 없다.

최치우가 사대금강권의 초식을 리키에게 알려줬기 때문이다.

무공을 전수하는 것, 그리고 차원이 다른 격투 기술을 배우는 것은 엄청난 유대감을 만들어낸다.

일반적인 우정이나 친분과는 격이 다른 관계가 성립되는 것이다.

"해산! 자리로—!"

리키가 목청을 높였다.

그의 목소리 역시 최치우보다 작지 않았다.

미동도 없이 서 있던 헤라클레스 대원들에게 자유가 주어졌다.

다들 언제 군기가 들었냐는 듯 슬렁슬렁 자기 자리로 복귀했다.

헤라클레스는 군대와 달리 평상시엔 최대한의 자유를 보장해 준다.

대신 훈련이나 전투 상황에서 한 치의 실수도 용납하지 않는다.

리키가 판단했을 때 기준 미달이면 바로 짐을 싸서 돌려보낸다.

대원 한 명, 한 명에게 거액의 몸값을 지불하는 사설 무장단체이기에 가능한 일이었다.

그만큼 대원들도 돈값을 해야 한다는 책임감을 느꼈다.

"그런데 사부, 갑자기 800명을 찾는 것도 쉬운 일이 아닐 거 같습니다."

막사 안으로 들어온 리키가 입을 열었다.

둘의 이야기를 엿들을 사람은 아무도 없다.

최치우는 마음 편히 속에 담긴 생각을 꺼냈다.

"2기 대원들처럼 펜타곤의 도움을 받을까 생각했는데 방향을 틀었습니다."

"왜요?"

"헤라클레스의 독립성을 강화하기 위해서. 언젠가는 아프리카에 주둔하는 미군과 대립할 가능성도 있으니까."

심상치 않은 말이었다.

최치우는 농담을 한 게 아니다.

진지한 표정을 읽은 리키가 고개를 끄덕였다.

"이유는 모르겠지만, 사부가 그런 미래까지 생각한다면… 시간이 걸려도 직접 뽑는 게 맞아요."

"우선 기존 대원들의 인맥을 적극 활용합시다. 다들 용병 생활을 오래한 베테랑들이니 추천할 친구들이 있겠죠."

"특히 1기 대원들 위주로 추천을 받을게요, 사부."

"1,000명이라는 숫자에 집착할 필요는 없어요. 어중이떠중이로 머릿수 채우는 거 내가 얼마나 싫어하는지 잘 알죠?"

"오브 코올스. 사부 스타일을 내가 모르면 누가 알겠어요, 유 노우?"

리키의 천역덕스러운 제스처가 최치우를 웃게 만들었다.

아무리 심각한 상황에서도 여유와 유머를 잃지 않는 게 리키의 강점이다.

최치우는 미소를 지은 채 말을 계속했다.

"올해가 벌써 절반 가까이 지나갔습니다. 남은 반년 동안 헤라클레스가 꼭 수행해야 할 미션들이 있어요."

"미션? 실전입니까?"

"실전입니다."

리키가 침을 꿀걱 삼켰다.

최치우의 입에서 무척 어려운 명령이 떨어질 것만 같았다.

긴장감이 드는 한편 기대가 되기도 했다.

그동안 이날을 위해 사막의 모래바람을 맞으며 전투력을 갈고닦은 것이다.

"첫 번째 미션은 헤라클레스의 병력을 늘린다. 최선의 정예를 선발하되 올해 안에 1,000명을 육박하는 군단으로 헤라클레스의 덩치를 키우는 겁니다."

"얼라잇. 수시로 보고할게요."

"두 번째 미션, 병력의 절반을 케냐로 이동시키고 주둔지를 만든다."

"중부로……."

리키도 들은 이야기가 있었기 때문에 곧장 이해를 했다.

올림푸스의 수뇌부 사이에서는 케냐로의 진출이 새롭지 않은 이슈였다.

진짜 어려운 미션은 지금부터다.

"세 번째, 남아공과 케냐 국경의 게릴라와 반군들을 선제공격할 겁니다. 가능한 많은 거점을 파괴하고, 국경 주위를 완전히 쓸어버리도록."

"우리가 먼저? 그러니까 광산이나 우리 부대를 공격하지 않아도 어택을 할까요?"

"인정사정 봐주지 말고, 레드 엑스를 몰살시킨 것처럼 강하게 나갑시다. 게릴라 반군들의 거점과 무장 상태 등 필요한 정보는 내가 구해서 줄게요."

최치우의 결단으로 해커 집단인 어나니머스는 대목을 맞이하게 됐다.

게릴라 반군들의 실태를 파악할 수 있다면 올림푸스는 기꺼이 상상하기 힘든 액수의 정보료를 지불할 것이다.

"사부, 우리가 먼저 반군들을 공격하면… 그들이 연합전선을 형성할 가능성이 있어요."

리키가 조심스레 반론을 제기했다.

헤라클레스는 남아공 본부와 광산을 지키려고 창설됐다.

그렇기에 선제공격을 염두에 둔 적은 없었다.

게릴라 반군을 소탕하는 것은 정규군대나 UN 평화유지군의 임무다.

자칫 흩어진 반군들을 잘못 건드리면 골치가 아파질 수도 있다.

리키의 염려처럼 게릴라 세력이 연합군으로 모여 대항할지 모른다.

괜히 적을 키우고, 위험을 높일 수 있는 일이다.

그럼에도 불구하고 최치우는 명령을 거둘 생각이 없었다.

"우리의 목표가 달라졌습니다."

"궁금해요."

리키가 눈을 빛냈다.

최치우는 그를 바라보며 아프리카에서 꿈꾸는 원대한 이상의 한 조각을 알려줬다.

"남아공과 케냐, 아프리카 남부와 중부의 중심지에서 엄청난 투자로 부가가치를 극대화시킬 겁니다. 단순히 광산을 개발해서 현금을 확보하는 건 너무 작은 목표가 됐습니다."

"그래서 게릴라와 반군들을 미리 정리하려는 것입니까?"

"투자 확대와 생산성 증가를 위해선 국경의 치안을 안정시키는 게 필수적입니다. 그리고 또 하나의 미션이 더 있죠."

"라스트 미션?"

"흩어진 게릴라 반군들을 공격하면서 정보를 모아줘요. 뒤에서 게릴라를 규합하는 세력이 있는지, 또 그들의 군수 자금이 어디서 나오는지. 어쩌면 이게 가장 중요한 미션입니다."

"정보 수집, 알겠습니다. 그럼 레드 엑스처럼 다 죽이면 안 되겠네요."

"전투 현장에서의 판단은 전적으로 맡길게요."

"오케이, 돈 워리! 4개의 미션 모두 성공해서 사부에게 보답할 테니까."

리키가 활짝 웃으며 대답했다.

따지고 보면 어느 하나 쉬운 미션이 없었다.

최치우가 헤라클레스에게 너무 가혹한 미션을 준 것 같았다.

병력을 늘리는 와중에 선제공격도 하고, 정보도 얻어내고, 커버해야 할 지역도 늘어났다.

그야말로 1석 4조의 임무를 부여받은 셈이다.

불만을 토로해도 이상하지 않지만, 리키는 최치우를 굳게 믿었다.

이만하면 무한 신뢰라는 말을 써도 될 것 같았다.

"사부가 가는 길, 가장 앞에서 내가 열겠습니다."

영어 발음이 섞인 리키의 어설픈 말투가 천군만마처럼 든든했다.

최치우는 환하게 웃으며 대답했다.

"덕분에 가벼운 마음으로 케냐까지 갈 수 있겠군요."

"케냐까지는 비행기를 타고 가요?"

"전용기는 나이로비로 보내고, 난 중간에 들를 곳이 있어서 차로 갈 겁니다."

"여기서 케냐까지… 육로는 위험해요. 물론 사부한테 위험하진 않겠지만."

리키가 미간을 찌푸렸다.

아프리카 대륙에서는 언제 어디서 뭐가 튀어나올지 모른다.

남아공에서 케냐까지는 무척 긴 여정이 될 것이다.

리키는 최치우가 상식 밖으로 강하다는 것을 알기에 크게 걱정하진 않았다.

그래도 육로로 이동하는 것은 추천하고 싶지 않은 눈치였다.

"괜찮습니다. 가는 길에 게릴라나 반군들을 만나면 환영할 일이고."

"하하, 사부가 타고 가는 차를 공격하면 다 죽을 텐데."

리키는 꽤나 살벌한 말을 아무렇지 않게 했다.

최치우는 굳이 육로를 선택한 이유가 있었다.

정령의 흔적을 좇아 소울 스톤을 하나 더 확보하고 나이로비에 도착하려는 것이다.

그래야만 김도현 교수의 부담을 덜어줄 수 있다.

'무슨 수를 써서라도 케냐에 소울 스톤 발전소를 짓고 말겠어.'

결심을 굳힌 최치우를 막을 수 있는 사람은 없다.

어려운 대화를 끝낸 리키와 최치우는 이내 웃음을 터뜨리며 농담을 주고받았다.

두 사람의 웃음소리가 남아공을 넘어 케냐까지 쭉 연결될 것 같았다.

8장

길을 열다

　남아공에서 케냐 나이로비까지 육로로 이동하는 것은 위험하기 짝이 없는 일이다.

　그것도 철도가 아닌 자가용을 이용하면 온갖 테러에 무방비로 노출된다.

　그럼에도 불구하고 최치우는 육로 이동을 고집했다.

　어떤 지형도 통과할 수 있는 튼튼한 지프차도 구입해 버렸다.

　어디서 뭐가 튀어나올지 모르는 아프리카 대륙을 가로지르겠다는 의지가 확고했다.

　이유는 명확하다.

　소울 스톤을 하나 더 얻기 위해서였다.

　최치우는 상급 대지의 정령 노하임을 소멸시키고 김도현 교수에게 소울 스톤을 전달했다.

그렇지만 에너지를 추출하는 과정에서 소울 스톤이 산산조각 날 가능성을 배제할 수 없다.

하루라도 빨리, 보다 확실하게 케냐에 발전소를 지으려면 더 많은 소울 스톤이 필요하다.

하나뿐인 방법은 무척 간단했다.

김도현 교수와 미래에너지 탐사대가 안심하고 소울 스톤 몇 개쯤은 날려먹어도 되는 환경을 만들어주는 것.

소울 스톤 한 개의 가치가 수천억 이상이라는 사실은 중요하지 않다.

어차피 에너지를 추출하지 못하면 소울 스톤은 예쁜 보석일 뿐이다.

최치우는 남아공에서 나이로비까지 지도에 없는 길을 돌파할 작정이었다.

일부러 위험한 장소, 극한의 자연환경이 펼쳐진 지역을 찾아가는 것이다.

그래야만 정령을 찾을 가능성이 높아진다.

지도에 없는 길을 달리다 보면 정령도 정령이지만 게릴라 반군들과 부딪칠 확률도 올라갈 터.

그것 역시 최치우가 바라는 바였다.

헤라클레스에게 명령을 내렸지만, 최치우도 한 손 거들려는 것이다.

우연히 충돌한 게릴라 군대를 박살 내고, 그들 사이에 떠도는 정보를 수집할 수 있는 기회이다.

남들에겐 나이로비까지 지프차로 이동하는 게 자살행위나 다름없다.

그러나 최치우 입장에선 놓치기 싫은 기회였다.

여정을 떠날 준비를 마친 그는 미적거리지 않았다.

자유로운 영혼을 소유한 세계 여행자처럼 지프차 시동을 걸었다.

트렁크에는 침낭과 비상식량이 잔뜩 들어 있었고, 뒷자리에는 커다란 배낭과 전자 장비가 전부였다.

이거면 충분하다.

일주일이 넘는 터프한 여행의 준비물치고는 상당히 단출해 보였다.

하지만 최치우는 걱정하지 않았다.

필요한 게 생기면 중간에 구입할 수 있다.

경로를 틀어 도시로 진입하면 어디에든 대형마트가 있을 것이다.

아프리카도 사람 사는 곳이다.

몇몇 국가의 주요 도시는 선진국 부럽지 않게 발달했다.

다만 여전히 개척되지 않은 미지의 땅이 광활할 뿐, 아프리카 전체를 낙후된 대륙으로 생각하면 곤란하다.

"은서야, 나 이제 출발해."

—일주일 정도 걸린다고 그랬지?

"아마. 늦어도 열흘 안에는 나이로비에 도착할 계획이야."

─열흘… 중간에 여건이 되면 꼭 연락해 줘. 문자라도, 알겠지?

"당연하지. 약속할게. 그리고 너무 걱정하지 마."

─무사할 거 믿지만 조심 또 조심하기로 약속해.

"곧 나이로비에서 멋지게 카메라 세례를 받을 테니까, 그리고 뉴욕에서 다시 만나자."

─응, 나도 잘 있을게.

"급하게 도움이 필요하면 백 이사, 그러니까 승수 선배한테 전화해. 24시간 연결될 테니까."

최치우는 여정을 떠나기 전 마지막으로 유은서와 통화를 했다.

새삼스럽지만 현대 기술의 발전은 놀랍다.

남아공 국경지대에서 뉴욕에 있는 유은서와 대화를 나눌 수 있다니.

나이로비로 가는 길에서도 통신이 터지면 그녀의 목소리를 들을 수 있을 것이다.

올림푸스와 퓨처 모터스의 현안도 온라인에 접속해 파악할 수 있다.

사실 최치우가 열흘쯤 완전히 자리를 비워도 크게 염려할 필요는 없다.

올림푸스의 임원진은 임동혁 부사장을 중심으로 제 역할을 다하고 있다.

브라이언이 이끄는 퓨처 모터스도 임시 주총 이후 더욱 탄력을 받으며 전진하는 중이다.

두 회사에서 최치우의 존재감은 절대적이지만, 이제는 시스템이 자리를 잡은 것이다.

최치우가 원했던 것처럼 마음 놓고 전 세계를 돌아다니며 소울 스톤을 수집하고, 새로운 프로젝트를 추진해도 문제없는 날이 왔다.

이렇게 되기까지 짧다면 짧고, 길다면 긴 시간이 흘렀다.

최치우는 감회가 남다른 듯 유리창 너머 하늘을 올려다봤다.

뜨거운 태양이 이글거리는 하늘 저편을 향해 마음껏 달려도 된다.

그래도 최치우의 사람들이 든든히 뒤를 받쳐줄 것이다.

비록 동행 없이 나이로비까지 험로를 돌파할 작정이지만, 그는 절대 혼자가 아니었다.

자기 자리에서 최선을 다하는 올림푸스와 퓨처 모터스의 모든 직원들이 함께 싸우고 있었다.

부우우웅—

최치우가 액셀을 밟자 지프차가 거친 소리를 토해냈다.

그보다 더 거친 길을 향해 새까만 지프가 달려 나가기 시작했다.

과연 나이로비까지 가는 동안 어떤 사건이 최치우를 기다리고 있을지, 사막의 모래바람만 미래를 예측하는 듯 거세게 불어닥칠 따름이었다.

*   *   *

최치우는 지도 밖으로 행군하고 있지만, 목적지가 아예 없는 것은 아니었다.

더구나 무슨 일이 있어도 열흘 안에는 나이로비에 도착해야만 한다.

케냐의 움바투 대통령과 대규모 투자 계약서에 사인을 하는 일정은 확고부동하게 정해졌다.

만약 최치우가 나타나지 않으면 대형 사고가 터지는 셈이다.

물론 UN까지 암묵적으로 승인한 초대형 투자 계약이 무산될 가능성은 낮다.

그래도 올림푸스와 케냐 정부의 신뢰에 시작부터 금이 갈수 있다.

아프리카 대륙 전체를 석권하려는 올림푸스 입장에서 결코 용인할 수 없는 일이다.

설령 정령을 못 찾더라도 늦지 않게 여정을 끝내는 게 더 중요하다.

부와아아앙— 끼익!

한참을 말없이 달리던 최치우가 지프차를 세웠다.

전후좌우 사방팔방을 돌아봐도 사람 그림자 하나 보이지 않았다.

모래언덕이 넘실거리는 황금빛 사막은 아니지만, 바짝 마른 주황색 땅이 끝도 없이 펼쳐진 지형이었다.

사실 이런 지형이 진짜 사막에 가깝다.

TV에 자주 나오는 모래사막보다 마른걸레처럼 물기 없이 바싹 말라붙은 사막이 더 흔하다.

털썩!

차에서 내린 최치우는 무표정한 얼굴로 고개를 갸웃거렸다.

분명 이 부근에서 정령의 기운이 느껴졌다.

최치우가 미리 입수한 정보에 의하면 이곳은 최근 사막화가 유독 심각하게 진행되는 지역이다.

그런데 막상 차를 몰고 중심부에 도착하니 정령의 기운이 감쪽같이 사라진 것이다.

'최소 상급, 아마 최상급의 기운이었는데……'

최치우는 상급 대지의 정령 노하임을 소멸시킨 전력이 있다.

그렇기에 대지의 정령이 내뿜는 기운에도 익숙해졌다.

사람의 발길이 닿지 않는 열사의 대지에서 느껴진 기운은 분명 노하임 이상이었다.

"억지로 불러내는 수밖에."

마음을 먹은 최치우가 두 손을 앞으로 뻗었다.

반대 속성의 마법을 펼치면 정령은 반응을 할 수밖에 없다.

본능에 이끌리듯 반대 속성 마법을 깨뜨리기 위해 나타나는 것이다.

물의 정령을 부르기 위해서는 불 속성 마법, 반대로 불의 정령을 찾으려면 얼음 속성 마법이 제격이다.

대지의 정령은 바람 속성 마법에 민감하게 반응한다.

거센 바람은 대지를 구성하는 흙과 바위를 휩쓸고 지나갈 수 있기 때문이다.

정령들은 나름대로 자연의 균형을 맞추는 걸 사명이자 본능으로 여긴다.

최치우는 바로 그 점을 노려 정령을 찾아내고 소멸시키는 유일무이한 정령 헌터였다.

"윈드 스피어ㅡ!"

5서클의 바람 속성 마법이 허공에 구현됐다.

단단한 바위마저 꿰뚫을 수 있는 바람의 창이다.

최치우는 윈드 스피어를 하나만 만들어내지 않았다.

상급, 또는 그 이상의 정령을 불러내기 위해서는 압도적인 힘으로 대지의 균형을 무너뜨려야 한다.

"윈드 스피어!"

연달아 주문이 캐스팅됐다.

그러자 바람의 창 수십 개가 최치우를 둘러쌌다.

새하얀 바람의 창에 감싸인 최치우가 숨을 고르고 손바닥을 활짝 펼쳤다.

슈우우우욱ㅡ!

그 순간, 허공에 정렬한 바람의 창이 일제히 땅을 향해 내리꽂혔다.

이윽고 폭탄이 터진 것처럼 굉음이 울렸다.

콰콰콰쾅!

소리만 요란한 게 아니었다.

지축이 흔들리며 흙먼지가 뿌옇게 일어났다.

말라비틀어져 단단해진 땅이 보기 흉한 몰골로 부서지고 깨졌다.

최치우는 윈드 스피어를 다발로 쏟아부어 대지의 균형을 깨뜨렸다.

"이래도 안 나온다?"

여전히 정령은 반응이 없었다.

최치우가 괜히 헛수고를 하는 것은 아니다.

지프차를 세우기 전까지만 해도 정령의 기운이 넘실거렸다.

이유는 알 수 없지만, 이곳에서 급격한 사막화를 일으킨 정령이 숨어버린 것이다.

"누가 이기나 보자. 어차피 엉망으로 사막화가 된 땅인데… 완전히 뒤엎는 게 더 나을지도 모르지."

결심을 굳힌 최치우가 혼잣말을 중얼거렸다.

그는 다시금 윈드 스피어를 캐스팅하기 시작했다.

"윈드 스피어—!"

이번에는 아까보다 스케일이 커졌다.

공중에 떠오른 윈드 스피어가 수십 개를 넘어 족히 100개는 될 것 같았다.

5서클 마법을 한 번에 100개나 구현시키는 것은 보통 일이 아니다.

최치우가 7서클의 경지에 완전히 익숙해졌다는 뜻이다.

어쩌면 머지않아 8서클 대마도사 클래스에 도달할 가능성도 엿보이고 있었다.

'간다!'

깊은 숨을 들이마신 최치우가 손바닥을 펼치려 했다.

100여개의 윈드 스피어가 쏟아지면 주위는 그야말로 쑥대밭이 될 것이다.

바로 그 순간, 어디선가 마음을 관통하는 울림이 느껴졌다.

[그만, 그만하면 충분해!]

짜증 섞인 외침이었다.

귀가 아닌 마음으로 느껴지는 울림은 분명 정령의 음성이다.

최치우는 허공에 만든 윈드 스피어를 다시 마나로 돌려보냈다.

"나드갈, 실제로 보는 건 처음이군."

최치우의 눈앞에 바위로 만들어진 재규어가 나타났다.

원래 재규어는 피부가 검은 동물이다.

하지만 나드갈은 황갈색 바위로 신체를 구성하고 있었다.

근육이 있어야 할 자리에 울룩불룩 튀어나온 바윗덩이는 무척 사납고 역동적으로 보였다.

역시 최치우의 감각은 빗나가지 않았다.

최상급 대지의 정령 나드갈이 사막화를 가속시킨 주범이었다.

나드갈은 인격을 지닌 최상급 정령답게 사람처럼 의지를 전했다.

[내 영역에서 시비 걸지 마라, 인간.]

나드갈은 꼬리를 바짝 세우고 있었다.

하지만 최치우와 부딪치길 원하지 않는 눈치였다.

최치우는 의아한 표정으로 질문을 던졌다.

"그런데 말이야. 왜 잠시 동안 기운을 숨기고 사라져 있었지?"

[우라노스의 인장을 가진 인간과 싸우지 말라는 소문을 들었다.]

"우라노스의 인장?"

[아직 모르나? 자기 심장에 박혀 있는 인장을? 하여간 인간은 미개한 족속이니.]

나드갈이 이죽거리며 최치우의 신경을 긁었다.

그러나 흘려들을 수 없는 말이었다.

최치우가 가까스로 소멸시킨 물의 정령왕 우라노스의 인장이 심장에 박혀 있다는 뜻이다.

과연 그게 무엇인지, 소멸되고도 소울 스톤이 나오지 않았던 우라노스의 비밀과 관련이 있는지 궁금했다.

"내 소문이 아프리카까지 퍼졌을 줄은 몰랐군."

[왕이 서거했으니… 어찌 됐든 나는 너와 싸움을 원치 않는다.]

"그건 좀 어렵겠어. 소울 스톤이 많이 필요해져서. 그리고 아프리카를 더욱 힘들게 만드는 빌어먹을 사막화를 그냥 두고 볼 수 없잖아?"

쿠웅―

나드갈이 앞발을 들어 땅을 내리찍었다.

[자존심을 굽혀줬거늘!]

"그건 그쪽 사정이고."

최치우는 고민도 하지 않았다.

개인적인 감정은 없지만, 케냐의 발전소 건립을 위해선 소울 스톤이 많으면 많을수록 좋다.

게다가 나드갈은 급격한 사막화를 일으킨 주범이다.

만약 대지의 정령들을 족족 소멸시킨다면, 혹은 대지의 정령 왕을 쓰러뜨릴 수 있다면 아프리카 대륙의 사막화 속도는 한층 진정될 것이다.

[크르르르!]

나드갈이 진짜 재규어처럼 낮은 울음을 흘렸다.

문답무용.

더 이상의 대화는 불필요하다.

꽈아앙—!

열기로 인해 아지랑이가 풀풀 피어나는 붉은 땅에서 최치우 와 나드갈이 충돌했다.

둘 중 하나는 흔적도 남기지 못하고 존재가 사라질 것 같았 다.

*   *   *

쐐애애액—

한 다발의 윈드 스피어가 나드갈을 향해 쏘아졌다.

벌써 몇 번째인지 모른다.

최치우는 대지의 정령이 싫어하는 바람 속성 마법을 연달아 펼쳤다.

콰콰쾅!

그러나 나드갈은 쉽게 당하지 않았다.

인격을 갖춘 최상급 정령은 여타의 정령들과 차원이 다른 존재다.

하나하나가 정령왕에 필적하는 권능을 지녔다.

물의 정령왕 우라노스를 소멸시킨 최치우라 해도 마냥 자신할 수 없는 싸움이다.

상급 대지의 정령 노하임만 해도 만만치 않은 상대였다.

하지만 재규어의 형상을 닮은 나드갈은 노하임보다 훨씬 사납고 지능적이었다.

최치우가 연거푸 쏟아낸 윈드 스피어를 모조리 피하거나 막아냈다.

그리고 이제 나드갈의 반격이 시작됐다.

[우라노스의 인장, 내가 뺏는다!]

여전히 알 수 없는 소리였다.

심장에 우라노스의 인장이 박혔다는 것도, 그 인장을 뺏을 수 있다는 것도 최치우는 처음 듣는 이야기다.

그러나 한가하게 물어볼 틈이 없다.

나드갈을 쓰러뜨려 귀하디귀한 최상급 정령의 소울 스톤을 확보하는 게 첫 번째 목표이다.

게다가 싸움이 시작된 이상 정신이 팔리면 죽을지도 모른다.

파파파팍—!

최치우의 발밑에서 송곳 같은 흙기둥이 솟구쳤다.

흙으로 만든 기둥이지만 강철보다 단단하고 날카롭다.

그 위에 가만히 서 있으면 온몸이 통째로 관통당해 처참하게 죽을 것이다.

타앗!

최치우는 갈라지기 직전의 땅을 박차며 몸을 뒤로 날렸다.

하지만 나드갈의 흙기둥은 끈질기게 최치우를 쫓아갔다.

눈 깜짝할 사이에 수십 개의 흙기둥이 치솟았고, 그 길이는 무려 50m를 넘어섰다.

최치우도 계속해서 경공으로 뒷걸음질을 치며 속도를 늦추지 않았다.

한 걸음만 삐끗해도 흙기둥에 꿰뚫린 신세가 되고 만다.

정신을 집중하지 않을 도리가 없었다.

'강하다!'

최치우는 나드갈의 권능에 감탄했다.

50m가 넘도록 흙기둥을 세우는 권능은 확실히 상급 정령 노하임과 달랐다.

이대로 뒷걸음질만 칠 수는 없다.

팟!

최치우의 몸이 공중으로 높이 떠올랐다.

아프리카의 말라붙은 사막 지형은 대지의 정령에게 홈그라운드나 마찬가지이다.

그러나 허공이라면 이야기가 달라진다.

최치우는 대지의 권능이 미처 도달하지 못하는 공중에서 숨을 돌렸다.

콰아아아악—

하지만 나드갈은 영악했다.

최치우가 착지할 지점에 거대한 싱크홀을 만들었다.

원래부터 대지의 정령은 꾀가 많기로 유명하다.

기껏 점프해서 시간을 벌었지만 언제까지 하늘에 떠 있을 수는 없다.

땅에 떨어지면 나드갈이 만든 싱크홀에 빠지고 말 것 같았다.

일단 싱크홀에 들어서면 벗어날 수 없는 개미지옥이 펼쳐질 것이다.

후우욱!

정점을 찍은 최치우의 몸이 중력에 의해 땅으로 내려오고 있었다.

이것저것 생각할 틈이 없는 빠른 속도이다.

최치우는 입을 쩍 벌린 싱크홀을 향해 6서클 마법을 캐스팅했다.

"프로즌—!"

쩌적— 쩌저저적—!

빙결 마법 프로즌이 광범위하게 펼쳐졌다.

시커먼 싱크홀 내부가 순식간에 푸른빛이 감도는 얼음으로 가득 찼다.

쿠웅!

최치우는 자신이 만든 얼음 위에 착지했다.

나드갈의 거대한 싱크홀 내부를 얼음으로 메워 버린 것이다.

상상을 초월하는 무식한 마법 구현이다.

똑같은 6서클 마법이라도 누가 어떻게 펼치냐에 따라 위력은 천지 차이다.

최상급 정령의 권능을 무위로 돌린 최치우는 만족스러운 표정을 지었다.

반면 나드갈은 어이가 없다는 듯 최치우를 멍하게 쳐다봤다.

황갈색 바윗덩이로 만들어진 재규어 한 마리가 고개를 설레설레 내젓는 광경이 만화처럼 느껴졌다.

[우라노스의 인장을 거저 얻은 게 아니란 말이지.]

최치우는 나드갈의 탄식을 곧바로 받아쳤다.

"세상에 공짜가 어딨겠어."

[정녕 끝을 볼 작정이냐?]

"방금까지 죽일 기세로 덤빈 게 누구더라."

[마지막으로 묻겠다. 이쯤에서 물러날 생각은 없나?]

나드갈이 자세를 바짝 낮춘 채 최치우의 의사를 물었다.

전투가 벌어졌는데 최상급 정령이 먼저 휴전을 언급한 것이다.

최치우도 처음 경험하는 일이었다.

그는 긴장을 풀지 않고 반문했다.

"최상급 정령답지 않군. 상급 정령인 노하임도 소멸을 각오하고 죽기 살기로 달려들었는데."

[그거야 노하임은 인장을 알아볼 능력이 없으니……!]

"인장? 아까부터 말하는 우라노스의 인장이 대체 뭐지?"

[알려주면 내 영역에서 물러날 텐가?]

급기야 나드갈은 협상을 시도했다.

최치우는 정령들의 대적으로 악명이 자자할 것이다.

그럼에도 불구하고 자존심 강한 최상급 정령이 한 수 접어주는 이유가 무엇일까.

분명 나드갈이 언급한 우라노스의 인장과 연관이 있는 것 같았다.

최치우는 궁금증을 참기 어려웠지만 거짓말을 하진 않았다.

"솔직하게 말하지. 난 소울 스톤이 필요하고, 아프리카의 사막화를 앞당기는 정령들을 최대한 많이 소멸시킬 생각이다."

[크르르르— 기어코 끝까지!]

협상은 결렬됐다.

몸통과 똑같은 황갈색인 나드갈의 송곳니가 툭 튀어나왔다.

최치우는 내공을 끌어 올렸다.

마법과 무공의 조화로 승부를 볼 작정이다.

우라노스에게 썼던 미쓰릴 필드는 조금 아껴도 될 것 같았다.

나드갈을 얕봤기 때문은 아니다.

과거보다 더 성장한 자기 자신의 강함을 시험하기 위해서였다.

'권왕의 아랑권, 그리고 프로즌과 윈드 스피어를 한 번에.'

최치우가 본능적으로 최강의 카드를 선택했다.

듣기만 해도 살벌하기 짝이 없는 조합이다.

무림에서 가장 패도적인 무공인 아랑권, 거기에 6서클 프로즌과 5서클 윈드 스피어를 곁들인다.

나드갈이 어떤 권능을 발휘해도 깨뜨릴 자신이 있었다.

쿠콰콰쾅—!

송곳니를 드러낸 나드갈이 최치우를 향해 전력으로 달려왔다.

황갈색 재규어의 질주는 지진을 동반했다.

지반이 쩍쩍 갈라지며 바윗덩이를 땅 위로 토해내고 있었다.

머지않아 커다란 바윗덩이들이 일제히 최치우를 노리고 날아갈 것 같았다.

가만히 서 있기도 힘들지만, 최치우는 나드갈을 향해 정면으로 마주 달렸다.

그의 등 뒤로 수십 개의 윈드 스피어가 형성됐고, 차디찬 얼음이 나드갈의 바윗덩이를 얼리고 있었다.

건곤일척(乾坤一擲)의 승부.

쾅!

짧고 굵은 굉음이 터졌다.

지구 멸망의 날처럼 요란하게 흔들리던 대지가 잠잠해졌다.

미사일처럼 쏟아진 바람의 창도, 거대한 바위를 붙잡은 얼음도 흔적 없이 사라졌다.

보이는 것은 단 한 사람.

정권을 곧게 뻗고 있는 최치우밖에 없었다.

일자로 곧게 펴진 그의 팔이 부들부들 떨리고 있었다.

엄청난 힘을 단번에 쏟아내고, 또 막대한 충격을 받아냈기 때문일 것이다.

"후우—!"

긴 한숨을 내쉰 최치우는 당장 대자로 드러누워 쉬고 싶었다.

하지만 한 줄기 뜨거운 희열이 그를 지탱했다.

그의 주먹 안에 황갈색 보석이 들어와 있었다.

최치우는 나이로비로 가는 길에서 최상급 대지의 정령 나드갈의 소울 스톤을 얻었다.

이것만으로 기나긴 여정의 목표를 절반 이상 달성한 셈이다.

"나는… 점점 더 강해지고 있어."

격렬한 싸움을 끝내서일까.

괜히 심장에서 저릿저릿한 자극이 느껴졌다.

어쩌면 우라노스의 인장이 박혀 있다는 말을 들어서인지도 모른다.

나드갈을 소멸시키는 바람에 비밀을 완전히 풀지는 못했다.

하지만 전혀 예상하지 못한 장소에서 실마리를 찾았다.

최치우는 나드갈의 소울 스톤을 품 안에 갈무리하고 걸음을 옮겼다.

다시 나이로비를 향해 지도에 없는 길로 행군할 차례였다.

* * *

심장 부근이 찌릿찌릿한 느낌은 착각이 아니었다.

나드갈의 소울 스톤을 품에 넣은 이후 전류가 흐르는 듯한 느낌이 더욱 뚜렷해졌다.

기분 나쁜 통증과는 거리가 멀다.

다만 심장이, 또는 심장 안의 뭔가가 자신을 봐달라고 외치는 것 같았다.

'정령왕 우라노스는 소울 스톤을 남기지 않아서 이상했는데… 그 대신 인장이라는 무형의 유산을 남긴 걸까? 대체 그 인장이 뭔지는 모르겠지만.'

최치우가 추측할 수 있는 내용은 한정적이었다.

아슬란 대륙에서 그는 현자 클래스를 마스터한 최고의 마법사였다.

하지만 마법사와 정령사는 같은 부류가 아니다.

물론 정령에 대한 지식도 풍부한 편이지만, 모든 비밀을 속속들이 알 수는 없다.

이럴 줄 알았으면 아슬란 대륙에서 정령에 대한 공부를 많이 했을 것이다.

그러나 현대에 환생해 정령왕까지 잡게 될 줄은 꿈에도 상상하지 못했다.

처억—

최치우가 오른손으로 심장 부근을 가볍게 마사지했다.

그런다고 찌릿찌릿한 느낌이 사라질 리 없지만 스스로를 다독이는 것이다.

'때가 되면 알게 되겠지.'

나드갈이 말한 것처럼 우라노스의 인장이 심장에 박혔다면 언젠가 드러날 게 분명하다.

너무 조급해할 필요는 없었다.

차라리 잘된 일이다.

우라노스를 소멸시킨 전리품이 최치우의 몸 안에 들어왔는지 모른다.

소울 스톤보다 더 귀중한 것, 게다가 정령왕만이 줄 수 있는 것이라면 그 가치는 최치우마저 놀라게 만들 것 같았다.

"그나저나 이건 어쩐다……."

생각을 정리한 최치우가 혀를 찼다.

지프차가 흉측하게 박살이 났기 때문이다.

제법 멀리 떨어진 곳에 지프차를 세우고 나드갈을 불러냈다.

하지만 나드갈의 권능은 예상보다 강력했고, 소규모 지진과 흙기둥이 사방으로 퍼져 나갔다.

덕분에 남아공에서부터 함께 달려온 지프차는 장난감 모형처럼 찌그러졌다.

지프차를 향해 다가간 최치우는 고개를 저을 수밖에 없었다.

"나이로비까지 뛰어갈 수도 없고."

경공을 펼치면 자동차보다 빨리 달릴 수 있다.

무림 고수들은 몇 날 며칠 내내 경공을 펼쳐 북경에서 남경까지 단기간에 주파하곤 했다.

마음만 먹으면 최치우도 못 할 게 없다.

금강나한권과 아랑권을 수련하며 한층 중후하고 날카로워진 내공은 마르지 않는 샘물 같았다.

그러나 문제는 다른 데 있었다.

인적이 없는 지역에서는 얼마든지 경공을 펼치며 달려갈 수 있다.

하지만 나이로비가 가까워질수록, 국경지대와 도시를 거칠수록 사람들 눈에 띌 확률이 높아진다.

결국 시선을 피해 제한적으로 경공을 쓸 수밖에 없는 것이다.

그럴 바에는 새로 차를 구해서 달리는 게 낫다.

최치우는 부서진 지프차 안에서 지도와 GPS, 그리고 통신 장비를 꺼냈다.

배낭을 비롯해 짐을 챙겨 왔지만 당장 꼭 필요 없는 건 버리고 가야 했다.

'가장 가까운 도시까지 경공으로 반나절이면 되겠다.'

계산을 마친 최치우가 땅을 박찼다.

그의 계산법은 상식을 파괴하고 있었다.

경공을 써서 반나절이면 엄청나게 멀리 떨어진 도시이다.

도로 사정이 안 좋은 아프리카에서 자동차로 꼬박 하루 이상 달려야 할 거리였다.

최치우는 그곳에서 새 지프차를 구해 여정을 이어나갈 계획이었다.

낯선 도시에서 순순히 지프차만 구하고 나올 수 있을지, 뜻밖의 모험은 계속되고 있었다.

9장
조짐

　남아공에서 출발한 최치우는 짐바브웨 국경 인근의 사막에서 나드갈과 싸웠다.

　원래 계획은 차를 타고 잠비아와 탄자니아를 지나쳐 케냐에 도착하는 것이었다.

　물론 비교적 안전한 도로 대신 게릴라 반군들이 지배하는 위험천만한 땅을 탐험할 예정이었다.

　그런데 지프차가 망가진 탓에 계획을 수정할 수밖에 없었다.

　나드갈과 부딪친 사막에서 가장 가까운 도시는 모잠비크에 위치하고 있다.

　최치우는 본의 아니게 잠비아 대신 모잠비크에 들르게 됐다.

　모잠비크에서 지프차를 구하고, 말라위를 거쳐 탄자니아와 케냐로 향하는 루트를 새로 짰다.

예정에 없던 동선을 타게 됐지만 실망할 필요는 없었다.

어차피 소울 스톤을 얻는다는 첫 번째 목표는 달성했다.

그것도 보통 소울 스톤이 아니다.

최상급 대지의 정령을 소멸시켰다.

이제 올림푸스는 대지 속성을 지닌 상급 소울 스톤과 최상급 소울 스톤을 보유하게 됐다.

실험 과정에서 하나가 깨져도 다른 옵션이 생긴 것이다.

이만하면 케냐 정부에 소울 스톤 발전소를 짓겠다고 호언장담할 수 있다.

"이만하면 나쁘지 않다."

경공을 써서 모잠비크 국경을 넘은 최치우는 후련한 얼굴이었다.

다른 무엇보다 품 안의 소울 스톤이 든든하게 느껴졌기 때문이다.

사실 모잠비크는 아프리카에서 치안이 좋은 나라에 속한다.

치열했던 정부군과 반군의 내전은 1992년에 끝났다.

이후 몇 번의 폭동과 위기가 있었지만 비교적 무난하게 넘어갔다.

AK 소총이 그려진 살벌한 국기(國旗)에 비하면 무척 평화로운 것이다.

2000년대에 들어서는 세계 2위 규모의 가스전이 발견되면서 경제도 성장하게 됐다.

한국에는 많이 알려지지 않았지만, 아프리카의 조용한 강자인 셈이다.

그렇기에 국경도시에서 지프차를 새로 구하는 건 어렵지 않을 것 같았다.

어쩌면 아주 상태 좋은 차량을 찾을지도 모른다.

"이 동네에서 게릴라 반군을 만나진 못하겠지만… 너무 욕심낼 필요는 없겠지."

원래 루트대로 잠비아 국경을 넘었다면 게릴라 반군들과 마주칠 확률이 높아졌을 것이다.

하지만 최치우는 서두르지 않았다.

말라위나 탄자니아의 위험지대에서 게릴라 반군을 만날 가능성이 있다.

다들 게릴라의 습격을 무서워하는데 최치우는 오히려 타깃이 되기만 바라고 있었다.

"이쯤에선 천천히 움직여야겠군."

최치우는 더 이상 경공을 펼치지 않았다.

이제부터는 어디서 사람들이 나타날지 모른다.

조금 답답해도 천천히 움직이며 낯선 도시에 스며드는 게 중요하다.

모잠비크의 국경도시에는 가뜩이나 동양인이 드물 것이다.

가만히 있어도 눈에 띄고 입소문이 퍼져 나갈 게 분명했다.

빨리 새 차를 구입해서 떠나는 것이 상책이었다.

"$%#(@&@)―!"

"$&@)……."

곧이어 인적이 나타났다.

알아들을 수 없는 언어가 최치우의 귀를 간지럽혔다.

아니나 다를까.

모잠비크 사람들은 국경지대에서 보기 드문 동양인의 등장에 놀란 눈치였다.

대놓고 최치우를 쳐다보는 사람도 꽤 있었다.

다행인지 불행인지 올림푸스의 CEO이자 올림픽 금메달리스트라는 진짜 정체를 아는 사람은 없는 것 같았다.

최치우는 전 세계적 유명 인사가 됐지만, 아프리카 국경도시까지 명성이 퍼지진 않았다.

"더 유명해지려 노력해야겠는데."

최치우는 피식 웃으며 농담 섞인 혼잣말을 내뱉었다.

모잠비크의 국경도시는 화려하지 않아도 제법 안정돼 보였다.

여느 대도시처럼 고층 빌딩은 찾아볼 수 없지만 현대식 건물이 드문드문 세워져 있었다.

전통가옥과 현대식 건물의 조화는 색다른 광경을 선사했다.

최치우는 어림짐작으로 길을 찾았다.

굳이 길 가는 사람을 붙잡고 질문을 던지지 않아도 될 것 같았다.

자동차 대리점은 현대식 건물이 밀집된 지역에 있을 게 뻔하기 때문이다.

"역시."

이윽고 목표물을 찾아낸 최치우가 미소를 지었다.

생각보다 빨리 차를 구입하고, 필요한 물품을 챙겨서 길을 떠날 수 있을 것 같았다.

생전 처음 와보는 나라지만 자동차를 사는 것은 전혀 어렵지 않다.

무한의 한도를 자랑하는 블랙 카드는 지구 어디에서든 다 통하는 프리 패스이다.

일시불로 자동차값을 지불하면 모잠비크 딜러의 눈이 휘둥그레 커질 것이다.

최치우는 어깨를 활짝 펴고 자동차 대리점 문을 열었다.

그렇게 또 다른 인연의 물꼬가 트이고 있었다.

*   *   *

30분.

최치우가 대리점에서 튼튼한 SUV 한 대를 구입하는 데 걸린 시간이다.

보통 사람들은 자동차 한 대를 사기 위해 몇 날 며칠을 고민한다.

길게는 몇 달에서 몇 년 동안 끙끙거리는 경우도 있다.

자동차는 주택 다음가는 자산이기 때문이다.

하지만 최치우 같은 사람에게 자동차는 자산이 아니다.

언제든 사서 마음대로 타고 다닐 수 있는 도구일 뿐이다.

한국에서 롤스로이스 레이스를 타고 다니는 최치우는 전용 차고를 만들고도 남을 재력을 갖췄다.

그가 원한다면 한국, 미국, 남아공 각 지역에 차고를 만들어 매일 다른 자동차를 타고 다닐 수 있다.

최치우가 소유한 두 회사의 시가총액이 150조 원에 육박하고, 개인 자산만 수십조에 이른다.

그렇기에 SUV를 사는 데 30분이나 걸린 게 도리어 의외인 상황이었다.

당연히 가격을 따지느라 시간을 쓴 것은 아니다.

거친 사막 지형을 가로지를 수 있는 튼튼한 차인지, 이런저런 하자는 없는지 점검하느라 30분이 흐른 것이다.

계약서에 사인을 하고, 자동차 대금을 일시불로 지급한 최치우는 만족스러운 표정이었다.

덕분에 별다른 문제 없이 나이로비까지 여정을 이어나갈 수 있게 됐다.

한편 최치우보다 더 만족한 얼굴을 한 사람은 따로 있었다.

30분만에 가장 비싼 SUV 한 대를 팔아치운 대리점의 딜러 필리페다.

아직 앳된 기색이 가시지 않은 딜러 필리페는 커다란 눈을 깜빡이며 웃음을 참지 못했다.

"그렇게 좋아요?"

최치우는 필리페의 표정을 지켜보다 질문을 던졌다.

영업 사원 입장에서 차를 파는 데 성공하면 기쁠 수밖에 없다.

그러나 좋아해도 너무 좋아하는 필리페가 신기해 보였다.

질문을 받은 필리페는 큰 동작으로 고개를 끄덕이며 대답했다.

"요즘 차 팔기 아주 어려워요, 너무 힘들어요."

어색한 영어지만 단어 사용은 정확하다.

사실 필리페는 모잠비크에서 나름 엘리트 계층에 속한다.

어느 나라나 국경과 가까운 도시에는 일용직 노동자들이 많다.

특히 아프리카 대륙의 국가라면 말할 것도 없다.

그렇기에 자동차 대리점에 앉아서 일할 수 있는 딜러는 선택받은 소수의 직업이었다.

최치우는 문득 모잠비크의 실정이 궁금해졌다.

국경도시에서 필리페처럼 영어를 곧잘 하는 사람을 또 만나기도 쉽지 않을 것이다.

30분만에 일시불로 SUV를 구입한 VIP 고객이 된 김에 호기심을 해결하고 가는 게 나을 것 같았다.

"모잠비크는 아프리카에서 치안이나 경제가 나은 편이라고 들었는데, 요즘은 분위기가 달라졌습니까?"

"달라졌어요. 경기 안 좋아요. 치안 나빠지고 있어요. 그리고……."

필리페가 어두운 얼굴로 말끝을 흐렸다.

불과 1분 전까지 차를 팔아 기뻐하던 순박한 청년이 근심 걱정 가득한 얼굴로 변했다.

최치우는 뭔가 있을 것 같다는 느낌을 받았다.

전혀 기대하지 않았던, 예정에 없던 모잠비크에서 뜻밖의 단서를 찾을지 모른다.

그는 기대감을 억누르며 필리페에게 재차 말을 걸었다.

"쉽게 말하기 힘든 일이 벌어지고 있군요."

"그게… 확실한 게 아니라서……."

"필리페, 알다시피 난 이방인입니다. 여기서 산 SUV를 타고 다른 나라로 떠날 겁니다. 편하게 이야기해도 된다는 뜻이죠."

최치우는 조곤조곤 차분한 말투로 필리페를 설득했다.

억지로 윽박지르는 건 하수의 수법이다.

거센 비바람보다 따뜻한 햇살이 나그네의 겉옷을 벗기는 데 더 효율적이다.

"그럼 어디서 저한테 들었다고는 하지 않기로 약속해 주세요."

"약속합니다."

최치우가 필리페의 마음을 움직였다.

정확히 말하면 아주 작은 계기 하나를 만들어줬을 뿐이다.

그러자 목소리를 한껏 낮춘 필리페가 흥미로운 이야기를 시작했다.

"우리나라 내전이 끝난 지도 25년이 넘었어요."

"그렇죠. 92년 반군과 정부군이 평화협정에 사인을 했으니까."

"그리고 반군들은 선거에서 패배한 후 정부에 협조하거나 조용히 사라졌어요. 저도 교과서에서 배웠어요."

필리페는 서른이 안 된 청년이다.

아마 최치우와 비슷한 또래일 것 같았다.

그에게 반군은 머나먼 역사 속 전래동화나 다름없었다.

사춘기 이후로는 상당히 안정된 정치제도의 혜택을 누렸기 때문이다.

그런데 이제 와서 필리페 같은 청년이 다시 반군을 언급하는 이유는 무엇일까.

해답은 바로 다음 말에서 나왔다.

"요즘 이상한 소문이 돌고 있어요. 국경 너머 반군의 기지가 생겼고, 그곳으로 가면 집과 차, 여자를 받을 수 있다고……."

"그 소문을 믿고 국경을 넘는 사람들이 있습니까?"

"점점 늘어나고 있어요. 자고 일어나면 옆 동네 누가 사라졌다는 말이 들리고, 이제는 나라에서 국경 감시 부대 인원을 늘린다는 말도 있어요."

"정부군이 나설 정도면 심각한 상황인데."

"정치인들은 20년 넘게 바뀌지 않고, 사는 건 점점 힘들어지고… 그래서 위험한 소문에 혹하는 거 같아요."

필리페가 심각한 표정으로 말을 마쳤다.

최치우는 그의 이야기를 가볍게 흘려들을 수 없었다.

네오메이슨이 오래전부터 준비해 온 아프리카 인구 말살 정책의 실마리 같았기 때문이다.

모잠비크처럼 평화로운 나라에서 내전이 다시 일어나면 아프리카 대륙 전체가 큰 충격에 휩싸일 것이다.

다른 국가의 반군들도 영향을 받아 정부군과 더 격렬하게 싸울지 모른다.

한 번 전쟁의 불이 붙으면 어디로 튈지 장담할 수 없다.

자칫 아프리카 대륙 전체가 피비린내 나는 내전에 휩쓸릴 수 있다.

"그런데 필리페, 지난 20년 넘게 조용하던 반군 세력이 무슨 돈이 있어서 집과 차, 여자를 제공한다는 겁니까?"

"모르겠어요. 헛소문 같기도 한데 목격자들도 있고, 진짜 돈 걱정 없이 살 수 있다는 소문이 계속 도는 걸 보면……."

필리페는 진심으로 조국의 현실을 걱정하고 있었다.

최치우도 짚이는 바가 없지 않았다.

'네오메이슨이 자금을 지원하면 얼마든지 가능한 일이다. 의도적으로 반군을 키우는 걸까?'

단서를 찾았으니 확인을 해봐야 한다.

최치우는 마지막 질문을 던졌다.

"어디로 가면 모잠비크 반군에 합류할 수 있다고 소문이 났죠?"

"왜 그러세요? 돈도 많으신 분이!"

필리페가 화들짝 놀랐다.

최고급 SUV를 일시불로 구매한 최치우가 국경 너머 반군에 관심을 보이니 놀랄 수밖에 없었다.

"반군에 의탁하려는 게 아닙니다. 진짜 실체가 있는 소문인지 궁금해서 그래요."

"어차피 떠도는 소문이니까… 여기서 북쪽으로 국경을 넘어가면 말라위가 나오는데 그쪽은 치안 상태가… 어휴, 말도 못해요."

"모잠비크와 말라위의 국경 어딘가에 반군 세력이 있다는 말이죠?"

"일단 국경선을 넘어가면 반군들이 접근한다고 들었어요. 같은 편이 되면 데려가고, 아니면 죽여 버리고."

"고마워요, 필리페. 좋은 차를 팔아준 것도, 재밌는 이야기를 들려준 것도."

"조심해서 안전한 길로만 다니세요. 꼭이에요."

최치우는 새로 산 SUV와 함께 나왔다.

필리페는 염려가 되는지 최치우가 SUV를 몰고 완전히 사라질 때까지 손을 흔들었다.

최치우는 룸미러로 필리페를 바라보며 미소를 지었다.

짧게 스치는 인연이지만 오래 기억이 날 것 같았다.

만약 모잠비크와 말라위 국경에서 반군들을 만나고, 네오메이슨이 연관된 단서를 얻게 되면 필리페는 먼 훗날 아프리카

인류 말살 정책을 막아내는 데 혁혁한 공을 세운 사람이 될 수
도 있다.

"가볼까? 모잠비크 청년들을 꼬시는 반군들에게."

최치우의 혼잣말이 예사롭지 않게 들렸다.

그는 모잠비크에 싹트고 있는 내전의 씨앗을 UN보다 먼저
알아냈다.

남아공에서 나이로비로 가는 여정은 역사의 물줄기를 바꾸
는 길이 될 것 같았다.

*   *   *

최치우는 자동차 딜러 필리페 덕분에 반군의 근거지를 알게
됐다.

정확한 좌표를 파악한 것은 아니지만, 대략적인 출몰 지역만
으로 충분했다.

치안 공백 상태인 위험한 국경을 SUV 한 대로 지나가면 반
군의 레이더에 잡힐 수밖에 없다.

다른 곳이면 몰라도 모잠비크와 말라위 국경에서 한창 세를
불리고 있는 반군의 영역이다.

제정신이라면 무턱대고 이곳을 통과하지 않는다.

비교적 안전한 이동 루트가 엄연히 존재한다.

하지만 최치우는 누구보다 맑은 정신상태로 운전대를 잡았다.

실수가 아닌 의도다.

반군들이 최치우의 지프차를 발견하는 순간, 그들은 함정에 빠질 것이다.

홈그라운드의 이점 따위는 무의미하다.

호랑이는 혼자서 하이에나의 소굴을 초토화시킬 수 있다.

최치우는 자신을 미끼로 함정을 판 거나 다름없었다.

아무것도 모르는 모잠비크의 반군들은 미끼를 덥석 물 가능성이 높다.

외롭게 사막을 가로지르는 SUV에 사신(死神)이 타고 있을 줄은 꿈에도 모를 것이다.

그저 멋모르고 낭만에 취해 아프리카를 여행하는 호구로 볼 것 같았다.

두두두두두두두—

'왔다.'

핸들을 잡은 최치우는 회심의 미소를 지었다.

저 멀리서 몇 대의 차량이 달려오는 소리가 들렸다.

최치우의 예리한 감각은 시야보다 더 멀리 뻗어 있다.

눈에 보이지 않아도 미세한 소리와 진동, 공기의 변화까지 감지할 수 있는 것이다.

쉬익—

최치우는 일부러 발에서 힘을 뺐다.

속도를 살짝 늦추고, 어디선가 달려오는 반군들이 자신의 SUV를 포착하기 쉽게 도와주는 것이다.

게릴라 반군들은 언제나 돈을 최우선 가치로 삼는다.

네오메이슨의 지원을 받아 주머니가 풍족하다고 해도 아프리카 반군 특유의 물질만능주의는 그대로일 터.

보기 드문 최고급 SUV는 탐스러운 먹잇감으로 여겨질 게 분명하다.

타타타타타타!

거친 엔진 소리가 한층 가까이서 들렸다.

반군들이 타고 다니는 뚜껑 열린 군용트럭이 최치우의 시야에 잡혔다.

"트럭 3대, 병력은 15명 정도? 제법이군."

얼핏 보기에는 보잘것없어 보이는 병력이다.

그러나 고작 SUV 한 대를 나포하기 위해 세 대의 군용트럭이 출동한 것이다.

선발대로 15명을 보낼 정도면 본대의 병력은 최소 100명 이상, 어쩌면 수백 명이 될지도 모른다.

그만하면 아프리카 대륙 전체를 통틀어도 만만치 않은 규모이다.

모잠비크와 말라위 국경에 자리 잡은 반군은 소리 소문 없이 덩치를 키우고 있었다.

만약 나드갈과 싸우며 지프차가 부서지지 않았다면, 그래서 모잠비크에 들러 SUV를 구입하지 않았다면 최치우도 절대 몰랐을 일이다.

전혀 주목하지 않은 지역에서 생각 이상으로 심각한 조짐이 보였다.

'빈손으로 돌아갈 순 없지.'

최치우는 다짐을 굳히며 군용트럭이 자신을 포위하길 기다렸다.

게릴라 반군들의 수법은 낯설지 않았다.

최치우는 헤라클레스와 함께 아프리카 반군들의 특성을 연구해 왔다.

'전방에 좌우로 두 대, 그리고 후방에 한 대.'

군용트럭은 최치우의 예상대로 움직였다.

SUV의 앞길을 두 대가 막아섰고, 도주를 차단하기 위해 나머지 한 대는 뒤를 지켰다.

보통 사람은 외딴 사막지대에서 군용트럭 세 대에 포위당하면 얼어붙을 것이다.

패닉에 빠지는 게 당연한 상황이다.

하지만 최치우는 달랐다.

그는 바로 지금 같은 순간을 기다리고 있었다.

철컥—!

전방의 군용트럭 두 대에서 건장한 흑인들이 내렸다.

AK 소총으로 무장한 반군들이다.

그들은 커다란 눈알을 사납게 부라리며 총구를 겨눴다.

당장 내리지 않으면 총을 난사하겠다는 의지가 명확해 보였다.

최치우는 망설임 없이 운전석 문을 열었다.

당연히 반군들의 위협에 겁을 먹은 것은 아니었다.

한시라도 빨리 상황을 마무리하고, 이들의 실체를 파악하고 싶었다.

털썩.

땅에 두 발을 딛고 선 최치우는 손을 하늘 높이 들었다.

그는 무장하지 않았고, 저항할 의사가 없음을 드러내며 반군들을 안심시켰다.

"잉글리쉬?"

그때였다.

선두에서 총구를 겨눈 반군 한 명이 입을 열었다.

놀랍게도 정확한 발음의 영어가 튀어나왔다.

최치우는 고개를 끄덕였다.

그는 졸지에 납치를 당하게 생긴 동양인 여행자 노릇을 하고 있었다.

당장에라도 판을 뒤집을 수 있지만, 더 많은 정보를 얻기 위해 역할 놀이를 하는 셈이다.

"아이 캔 스피크 잉글리쉬."

최치우가 유창한 악센트로 영어를 구사했다.

그러면서 잔뜩 긴장한 척 위장하는 것도 잊지 않았다.

먼저 영어로 말을 건 반군이 다시 입을 열었다.

"어느 나라 사람이지?"

"한국."

"코리아? 사우스 코리아?"

최치우는 당연하다는 듯 고개를 끄덕였다.

그러자 반군의 까만 얼굴 사이로 새하얀 이가 보였다.

한국, 그것도 남한 사람이라는 말에 입을 활짝 벌리고 웃는 것이다.

이유는 하나밖에 없다.

납치했을 때 높은 몸값을 받을 수 있다고 판단한 것 같았다.

"#&(!&(@—!"

"와하하하하하!"

영어를 쓰는 반군이 뭐라 뭐라 말을 걸자 동료들이 왁자지껄 웃음을 터뜨렸다.

몸값 비싼 남한 사람을 건졌다고 자기들끼리 축하하는 눈치였다.

반군들은 더 이상 최치우를 경계하지 않았다.

총구를 겨눌 필요도 없다고 여겼다.

대한민국에서 온 얼치기 부자 여행자, 그게 최치우를 바라보는 반군들의 시선이다.

게다가 15 대 1의 수적 우위는 방심을 유도하기 안성맞춤이다.

총이 없이 맨몸으로 붙어도 15명이 1명을 제압하는 건 일도 아니다.

긴장이 풀렸는지 후방을 막아 세운 군용트럭에서도 반군들이 어슬렁어슬렁 걸어왔다.

몇 명은 최치우의 SUV를 뒤지고 있었다.

나머지는 불쌍한 먹잇감인 최치우에게 다가서는 중이었다.

'이대로는 건질 게 없군.'

가만히 있으면 반군들이 최치우의 몸을 거칠게 포박할 것 같았다.

조금 더 분위기를 맞춰주려던 최치우는 이내 마음을 돌렸다.

영어를 쓰는 반군이 있지만, 대화를 나눌 분위기가 아니었다.

난폭하고 성급한 반군들의 본성이 여지없이 발휘되기 직전, 최치우는 조용히 캐스팅을 마쳤다.

"미니 퀘이크."

조용히 주문을 읊조렸지만 그 위력은 결코 잠잠하지 않았다.

무려 6서클의 지진 마법이 난데없이 사방을 뒤흔들었다.

쿠콰아아아앙—!

요란한 굉음과 함께 땅이 쩌억 갈라졌다.

무방비 상태로 서 있던 반군들은 혼비백산 넋이 나갈 수밖에 없었다.

"으어어어?"

"아아악—!"

아가리를 쫙 벌린 땅에 잡아먹힌 반군들은 비명을 질렀다.

하지만 그 비명조차 곧 멀어지게 느껴졌다.

어두컴컴한 땅 밑으로 떨어져 두 번 다시 나올 수 없게 됐기 때문이다.

운 좋게 살아남은 반군들의 처지도 별반 다르지 않았다.

바닥에 납작 엎드린 그들은 목숨 같은 AK 소총도 내팽개쳤다.

갑작스러운 신의 분노 앞에 벌벌 떨 수밖에 없었다.

생존자 중에는 영어를 쓰는 반군도 포함돼 있었다.

미니 퀘이크 한 방으로 10명의 반군을 순식간에 정리한 최치우가 입을 열었다.

"다섯 명 남았군. 너무 많다."

최치우와 그의 SUV가 위치한 땅만 멀쩡했다.

그를 중심으로 사방은 벼락을 맞은 듯 뒤집어졌다.

담담하게 사형선고를 내린 최치우는 바람의 창을 불러일으켰다.

"윈드 스피어!"

허공에 떠오른 새하얀 윈드 스피어가 우박처럼 내리꽂혔다.

푸푹— 푸푸푹!

일말의 망설임도 없었다.

반군 중 단 한 명을 제외하고, 모두가 윈드 스피어에 심장이 꿰뚫려 즉사했다.

최치우는 손속에 자비를 두지 않았다.

아프리카의 게릴라 반군들은 살인, 강간, 방화, 약탈을 주업으로 삼는다.

마을 전체를 몰살시키고 유린하는 경우도 허다하다.

어설픈 동정심으로 살려주면 다른 희생자를 양산하는 것이나 마찬가지다.

"으어… 어흐 으흑……."

기세등등하게 출동했다가 유일한 생존자가 된 반군 청년은 눈물을 뚝뚝 흘리고 있었다.

귀신을 봐도 지금처럼 무섭진 않을 것이다.

최치우는 바짝 엎드린 그의 어깨를 발로 툭 걷어찼다.

"정신 차려. 너라도 살아야지."

"흐윽— 흐으윽—"

영어를 할 줄 아는 반군 청년이 눈물 콧물 범벅이 된 얼굴을 가까스로 들었다.

이렇게 보면 세상 순박해 보인다.

그러나 최치우는 진실을 알고 있었다.

만약 최치우가 평범한 여행자였다면 이들에게 죽는 것보다 못한 상태로 괴롭힘을 당했을 것이다.

최치우는 무심하게 질문을 던졌다.

"묻는 말에 대답하면 살려준다. 절대 두 번 묻지 않는다. 난 아쉬울 게 없어. 무슨 말인지 알겠지?"

"아, 알겠습니다. 알겠습니다!"

"네 이름은?"

"조셉, 조셉입니다!"

"그래. 지금부터 솔직한 이야기를 나눠보자, 조셉."

최치우가 조셉을 일으켜 세웠다.

지금처럼 비현실적인 상황에서 머리를 굴릴 정도로 담이 커

보이진 않았다.

어쩌면 기대했던 것보다 많은 정보를 얻어낼지 모른다.

그럼 나드갈과 싸우고 모잠비크로 경로를 변경한 게 전화위
복이 되는 것이다.

최치우는 기대감을 품고 질문들을 던졌다.

아무도 없는 열사의 땅에서 방금 세상을 떠난 14명을 뒤로
한 채 심문이 시작됐다.

정신을 차린 조셉도 목숨을 건지려고 열심히 대답했다.

대부분의 사람들에겐 무엇보다 자기 목숨이 제일 소중한 법
이다.

조셉 역시 그 범주를 벗어나는 인물은 아니었다.

최치우는 심문을 이어가며 때로는 만족스러운 표정을, 또 때
로는 무척 심각한 표정을 지었다.

                    *   *   *

부우우우웅—

모잠비크에서 구입한 SUV가 우렁찬 소리를 내며 질주하고
있었다.

험한 지형도 무난하게 헤쳐 나가는 걸 보면 일시불로 결제한
보람이 느껴졌다.

그런데 최치우는 운전석이 아닌 조수석에 앉아 있었다.

핸들을 붙잡고 있는 건 다름 아닌 조셉이었다.

모잠비크와 말라위 국경의 게릴라 반군 조셉이 최치우의 운전병으로 전직한 것이다.

최치우는 그를 사로잡아 심문했고, 새롭게 준동하는 반군 세력의 정보를 얻었다.

예상대로 외부에서 자금과 무기가 수혈되고 있었다.

문제는 모잠비크만이 아니었다.

아프리카 대륙 곳곳에서 과거의 반군들이 다시 모여 덩치를 키우는 중이었다.

그들은 정부군과 UN 평화유지군에 각개격파당했던 과거를 거울삼아 연합체를 결성했다.

게릴라 반군끼리 소통하며 폭넓게 공동전선을 구축하는 것이다.

다른 부족에게 배타적인 아프리카에선 일어나기 힘든 일이 물밑에서 벌어지고 있었다.

반군 세력에게 자금을 지원하는 배후가 주축이 돼 연합체 결성을 성사시켰다.

조셉은 영어에 능통하기 때문에 고급 정보들을 꽤 많이 알았다.

최치우는 그를 데려갈 필요성을 느꼈다.

사실 혼자서 모잠비크 반군 본거지로 쳐들어가 전부 소탕할 수도 있다.

하지만 그래야 겨우 하나의 반군 세력을 지워 버리는 것뿐이다.

최치우는 아프리카 대륙 전체를 혼란에 빠뜨리려는 거대한 음모에 맞서고 있었다.

일망타진을 위해서는 확실한 전기를 마련해야 한다.

조셉을 증인으로 삼아 협조를 얻어내고, 한꺼번에 아프리카 대륙에 암세포처럼 퍼진 반군들의 연합을 깨부술 것이다.

뿐만 아니라 그들을 조직하고 지원한 배후, 네오메이슨의 연결 고리도 찾아내는 게 최종 미션이다.

"지름길로 가고 있지?"

"네! 빨리 가고 있습니다!"

운전대를 잡은 조셉은 군기가 바짝 든 상태였다.

그는 최치우가 자연재해를 일으켜 14명의 동료들을 집어삼키는 걸 목격했다.

덕분에 도저히 딴생각을 품을 수 없을 정도로 절대적인 공포가 각인됐다.

오죽하면 에어컨을 틀어도 식은땀을 흘리며 운전에 집중하고 있었다.

최치우는 피식 웃으며 조수석 의자를 뒤로 젖혔다.

역사적인 발표를 하게 될 케냐의 수도, 나이로비가 가까워지고 있었다.

10장

대륙의 구원자

조셉이 운전한 최치우의 SUV가 케냐 국경을 넘었다.

일주일의 여정을 무사히 마친 최치우는 나이로비에서 가장 비싼 호텔 스위트룸을 잡았다.

최치우 덕분에 조셉도 생전 처음으로 스위트룸을 경험할 수 있었다.

사실 조셉에게는 호텔 구경도 낯설었다.

최치우가 그를 바로 케냐 경찰이나 인터폴에 넘기지 않는 이유는 간단했다.

조셉을 통해 줄줄이 굴비처럼 반군들의 연합 세력을 엮어낼 작정이기 때문이다.

전쟁으로 따지면 조셉은 특급 포로이다.

스위트룸에 딸린 작은 옷방을 내준 최치우는 그에게 동정심을 품지 않았다.

인간다운 대우를 해주고 있지만, 선은 확실히 지켰다.

최치우 혼자 밖으로 나갈 때는 조셉의 혈도를 눌러 점혈법을 걸었다.

말하지도, 움직이지도 못하게 만들고 옷방 문을 잠근 채 외출하는 것이다.

조셉은 자신의 처지를 비관하지 않았다.

나머지 동료들은 허허벌판에서 땅속으로 떨어지거나 바람의 창에 찔려 죽었다.

그나마 살아 숨 쉬며 좋은 밥이라도 얻어먹는 게 다행이었다.

개똥밭에 굴러도 저승보다 이승이 낫다고 한다.

심지어 최치우 곁에서는 약간이나마 호사를 누릴 수도 있다.

물론 언젠가 조셉은 차가운 감옥으로 직행하게 될 것이다.

반군 소속으로 악행을 저지른 만큼 대가를 치러야 한다.

최치우도 그 부분에 대해서는 한 발짝도 양보하지 않았다.

반군 연합의 정보를 주는 데 협조한다고 해서 조셉을 그냥 풀어줄 생각은 없었다.

포로를 이용하는 것과 타협하는 것은 다르다.

최치우는 누구와도 타협하지 않는다.

지배할 뿐이다.

조셉 역시 최치우의 카리스마에 완전히 굴복된 상태였다.

"오늘 저녁에는 증언을 하게 될 거다."

최치우는 옷방 문을 닫기 전, 조셉에게 한 가지 사실을 알려 줬다.

오늘이 바로 D-DAY다.

나이로비에서 올림푸스는 케냐 정부와 역사적인 투자 계약을 맺을 것이다.

세계를 주목시킬 성대한 행사가 끝나고 나면 파티가 열린다.

하지만 최치우가 할 일은 따로 있었다.

그는 움바투 대통령과 알렉산드로 총장 앞에 조셉을 세울 계획이었다.

뉴욕에서 삼자대면을 했던 사람들이 다시 모여 반군 조셉을 만나는 것이다.

아마 움바투 대통령과 알렉산드로 총장은 큰 충격을 받을 것 같았다.

외부에서 반군들을 조직적으로 지원하고, 대륙 곳곳의 게릴라들이 하나의 연합체를 형성한다는 소식은 금시초문일 게 분명했다.

사태의 심각성을 깨달으면 특단의 대책은 저절로 나올 것이다.

올림푸스 혼자서 나설 수 있는 일은 아니었다.

UN 평화유지군과 케냐 정부, 나아가 남아공을 포함해 아프리카 주요국 정상들이 공동으로 대응할 사안이다.

어쩌면 아프리카 역사상 최초로 대륙 연합군이 결성될 수도 있다.

쿠웅—

최치우는 조셉을 가둬둔 옷방 문을 닫고, 스위트룸 밖으로 나섰다.

그는 하루하루, 아니, 매시간 역사를 쓰는 기분으로 살아가고 있었다.

*   *   *

케냐의 수도 나이로비는 축제 분위기였다.

도시 전체에 홍겨운 기운이 감돌았다.

경찰과 군인들이 곳곳에 배치되고, 치안유지를 위해 눈을 부릅떴지만 그래도 상관없었다.

거리를 지나다니는 주민들의 얼굴에는 기대감이 가득했다.

이유는 하나밖에 없다.

글로벌기업 올림푸스가 케냐와 투자 계약을 맺는 날이기 때문이다.

올림푸스의 명성은 아프리카 중부의 케냐에도 퍼져 있었다.

특히 남아공에서 광산 개발을 하며 수많은 일자리를 창출한 사실이 널리 알려졌다.

케냐 국민들은 올림푸스 덕분에 새로운 직장이 많이 생길 거라 기대했다.

어느 나라든 일자리가 최고의 복지이다.

아프리카의 많은 국가들은 인구가 넘쳐난다.

매년 출산율이 뚝뚝 떨어지는 선진국과는 다른 상황에 처해 있다.

일하고 싶은 인구는 많은데 정작 제대로 된 일자리는 턱없이 부족하다.

그런 점에서 올림푸스의 투자와 진출은 케냐 국민들에게 가뭄 속 단비 같았다.

벌써부터 올림푸스를 오아시스라고 부르는 사람들도 생겨났다.

사막의 오아시스처럼 올림푸스가 케냐 국민들의 갈증을 해소해 줄 거라 믿는 것이다.

최치우라는 이름도 순식간에 고유명사처럼 각인되고 있었다.

원래 최치우는 미국과 아시아, 유럽에서는 모르는 사람이 드물 정도의 유명 인사이다.

올림푸스와 퓨처 모터스도 영향을 끼쳤지만, 올림픽 금메달을 따며 100m 달리기 세계신기록을 세운 게 결정적이었다.

그러나 아프리카는 세계 주류의 트렌드에서 소외된 곳이다.

올림픽을 챙겨 보는 국민의 숫자도 다른 대륙과 비교하면 현저히 적을 수밖에 없다.

그래서 최치우의 유명세도 그렇게 대단하지 않은 편이었다.

하지만 올림푸스의 투자 소식이 알려지며 최치우도 집중적인 관심을 받기 시작했다.

케냐의 주요 신문에서 최치우를 보도했고, 그가 얼마나 대단한 인물인지 소개하는 특집방송까지 제작될 정도였다.

이러한 분위기에서 최치우는 케냐의 움바투 대통령과 재회했다.

남아공에서 비행기를 타고 날아온 이시환도 자리를 함께했다.

이시환의 공식 직책은 남아공 본부장이다.

올림푸스 내부에서 아프리카에 대해 가장 경험이 많은 사람이 바로 이시환이었다.

케냐 본부가 발족하고 자리를 잡을 때까지 이시환의 도움이 필요하다.

최치우는 여차하면 이시환을 아프리카 대륙의 사업 총괄로 승진시키고, 남아공 본부장과 케냐 본부장을 따로 임명할 생각도 하고 있었다.

케냐 정부에서는 움바투 대통령과 장관들이 모두 모여 올림푸스를 맞이했다.

그들에게 있어 올림푸스는 어떤 나라의 대통령보다 더 중요한 손님이었다.

그래서일까.

공식적인 국빈 대우는 아니지만, 사실상 국빈보다 극진하게 편의를 제공했다.

경제협력을 맺은 나라보다 올림푸스의 투자액이 높기 때문이다.

정치적 위기에 처했던 움바투 대통령은 최치우를 하늘에서 내려온 동아줄로 여겼다.

최치우 덕분에 케냐 국민들로부터 다시 지지를 받을 수 있게 됐다.

물론 케냐 국민들에게도 나쁜 일은 아니었다.

UN의 알렉산드로 사무총장이 개입하며 케냐의 정치적 자유를 확대하게 됐고, 경제 사정도 나아질 게 분명하다.

결과적으로 올림푸스의 케냐 진출은 경제와 정치 두 분야에 모두 숨통을 틔워준 셈이다.

"오늘은 케냐를 비롯해 아프리카의 번영과 평화, 발전을 상징하는 역사적인 날입니다. 이렇게 영광스러운 순간에 함께할 수 있어 크나큰 기쁨과 책임감을 동시에 느낍니다."

알렉산드로 총장이 기자들 앞에서 마이크를 잡았다.

최치우와 움바투 대통령은 투자 협약서에 사인을 마쳤다.

사실 사인은 요식행위였다.

복잡하기 짝이 없는 계약조건과 세부 사항은 실무진에서 이미 조율을 마쳐놓았다.

두 사람은 각각 올림푸스와 케냐 정부를 대표해 최종 결재를 한 것이다.

"위대한 결단을 내린 케냐의 움바투 대통령님, 올림푸스의 최치우 대표님에게 찬사를 보냅니다. UN도 지원을 아끼지 않으며 아프리카 대륙의 평화 발전에 기여하겠습니다."

알렉산드로 총장이 말을 마치자 기자단에서 박수가 터져 나왔다.

지식인들은 내막을 알고 있었다.

UN이 적극적으로 나서서 케냐의 정치적 자유를 위해 노력했음을 말이다.

최치우도 움바투 대통령 옆자리에 앉아 기꺼이 박수를 보냈다.

움바투 대통령은 다소 불편한 표정이었지만 크게 내색을 하지는 않았다.

경제발전을 위해서 민주화는 필수적으로 받아들여야 할 요소이다.

최치우와 알렉산드로 총장 덕분에 케냐 감옥의 정치범들은 집으로 돌아가게 됐다.

야당 정치인과 용감한 기자들도 가택연금에서 풀려나 발언의 자유를 얻었다.

물론 정치적 자유가 늘어나면 싸울 일도 많아진다.

독재에 비해 민주화는 시끄럽고 복잡한 시스템이다.

하지만 그러한 소란과 의견 충돌은 사회를 건강하게 만드는 백신이다.

'경제발전을 기회로 삼아 역사에 남을 지도자가 될지, 아니면 구시대의 잔재가 될지는 당신 손에 달렸어.'

최치우는 움바투 대통령의 옆모습을 쳐다보며 의미심장한 생각을 했다.

만약 케냐의 대통령이 바뀌어도 어쩔 수 없다.

누가 대통령이 되든 올림푸스와 맺은 투자 협약을 뒤집지 못한다.

그랬다간 경제발전을 꿈꾸는 케냐 국민들의 원성을 감당하기 힘들 것이다.

처억!

알렉산드로 총장이 자리로 돌아오자 움바투 대통령이 벌떡 일어났다.

잠깐 숨을 고른 그는 단상의 마이크를 잡고 목소리를 높였다.

"멀리 온 손님들을 그냥 돌려보내지 않는 게 우리 케냐의, 아프리카의 전통이오. 먹고 마시며 역사적인 날을 같이 기념합시다!"

케냐 정부는 다국적 기자단이 참석하는 만찬을 준비했다.

움바투 대통령은 지지율을 높이기 위해 국민들에게도 통 크게 한턱을 냈다.

일주일 전부터 정부에서 특별 교부금을 푼 것이다.

오늘 TV 중계로 협약식을 지켜본 케냐 국민들은 여기저기서 평소보다 거한 저녁상을 차릴 것이다.

"대통령님, 총장님, 만찬에 앞서 먼저 들를 곳이 있습니다."

최치우는 움바투 대통령과 알렉산드로 총장에게만 들릴 낮은 목소리로 말했다.

기분 좋게 환영 만찬을 알리고 돌아온 움바투 대통령이 의아한 표정을 지었다.

"파티 장소로 가지 않을 것이오?"

"가야죠. 하지만 더 급하고 중요한 일입니다."

"복잡한 일은 다 끝냈는데, 그게 무슨 말이오?"

"나이로비로 오는 길에 모잠비크의 반군 한 명을 생포했습니다."

"반군을?"

움바투 대통령이 눈을 크게 떴다.

반군은 민감한 단어다.

아프리카의 모든 정부 관계자는 반군이라고 하면 치를 떤다.

알렉산드로 총장도 근심 어린 얼굴로 관심을 보였다.

"최 대표님이 따로 말할 정도면 보통 일은 아닌 것 같습니다만……."

"각지의 반군들이 연합체를 결성하고 있습니다. 외부의 지원으로 남몰래 세를 불리면서."

구구절절 긴 설명은 필요하지 않았다.

움바투 대통령과 알렉산드로 총장은 문제의 심각성을 단번에 인지했다.

특히 움바투 대통령의 안색이 급격히 나빠졌다.

권력욕으로 똘똘 뭉친 것 같지만, 그는 험난한 아프리카에서 입지를 굳힌 능구렁이다.

반군들이 외부 지원을 받아 연합을 결성한다는 게 어떤 의미인지 누구보다 잘 알고 있었다.

"그자는 어디에 있소?"

"호텔에 가둬뒀습니다. 함께 가서 확인하시죠."

"알겠소. 우리는 만찬에 늦게 참석한다고 일러두리다."

움바투 대통령이 먼저 일어나 정부 관계자에게 이런저런 지시를 내렸다.

그사이 최치우와 알렉센드로 총장은 무거운 눈빛을 교환했다.

케냐에 단비가 내린 오늘, 마냥 기뻐할 수만은 없었다.

아프리카 대륙에 드리운 어두운 그림자를 직시해야 할 때다.

                    *   *   *

"조셉, 똑바로 대답해. 여기서 너의 운명이 결정된다."

최치우는 단전에서 내공을 일으켰다.

은은하게 뿜어진 기운이 조셉을 압박하고 있었다.

굳이 그러지 않아도 조셉의 정신은 이미 최치우에게 완전히 압도당했다.

조셉은 최치우 좌우에 선 움바투 대통령과 알렉산드로 총장을 번갈아 쳐다보며 침을 꿀꺽 삼켰다.

누군지 모르지만 심상치 않은 거물들 같았다.

이 자리에서 그의 운명이 결정된다는 말이 진짜인 게 분명했다.

"외부의 지원을 받아 세력을 키우는 반군이 얼마나 된다고 했지?"

"우, 우리 말고도 5곳이 더……."

조셉이 말끝을 흐렸다.

움바투 대통령은 화를 참지 못하고 두터운 손등으로 벽을 때렸다.

퍼억!

"은밀하게 세력을 모으는 신규 반군이 6개나 된다는 말이오?"

움바투 대통령은 알렉산드로 총장을 쳐다보고 있었다.

UN 평화유지군이 이런 사실도 알아차리지 못하고 뭘 했냐는 뜻이다.

하지만 알렉산드로 총장도 당황스럽긴 마찬가지였다.

전혀 감지하지 못한 위험이 물밑에서 스멀스멀 자라나고 있었다.

만약 최치우가 조셉을 데려오지 않았다면 머지않아 아프리카 대륙에 엄청난 혼돈이 닥칠 뻔했다.

동시다발적으로 6개의 신규 반군이 반란을 일으키면 어떤 일이 벌어질까.

두 사람은 충격으로 말을 잃었다.

최치우가 나설 차례였다.

"공격이 최선의 방어입니다."

"대표님, 설마?"

"맞습니다. 이렇게 된 이상 다른 방법은 없습니다. 우리가 먼저 6개의 신규 반군 세력을 점령하고, 누가 외부에서 지원을 했는지 알아내야 합니다."

*　　　*　　　*

최치우의 해법은 단순하고 과격했다.

하지만 그보다 확실한 방법은 없을 것 같았다.

동시다발적 타격으로 신규 반군을 일망타진하는 것이 유일한 해결책이다.

6개의 신규 반군은 기존의 게릴라 부대와 특성이 다르다.

외부의 지원을 받았고, 규모가 정확히 드러나지 않았으며 서로 연합하고 있다.

원래 존재하던 게릴라 반군들만 해도 골칫덩이였다.

그런데 더 큰 암 덩어리가 남몰래 자라고 있었던 것이다.

방치할 수도, 하나씩 각개격파할 수도 없는 종양이다.

만약 모잠비크 국경의 반군을 먼저 공격하면 나머지 5개 세력은 다시 지하로 숨어들 게 뻔하다.

그래서 최치우는 속전속결로 일망타진하는 방법을 주장했다.

물론 넘어야 할 산이 많다.

아프리카의 많은 국가들은 정규군을 운용하는 것조차 버거워하고 있다.

게다가 국경선 또한 첨예한 문제이다.

모잠비크의 반군들이 국경선을 넘어 말라위에 숨으면 어떻게 될까.

기껏 출동한 모잠비크 군대는 말라위 국경을 넘기 어렵다.

자칫하면 국경 침범과 내정간섭으로 분쟁에 휘말릴 여지가 있기 때문이다.

최악의 경우 반군을 소탕하려다 아프리카에서 대규모 전쟁이 벌어질지 모른다.

이를 해결하기 위해 UN의 강력한 개입이 필요한 것이다.

사실 케냐의 움바투 대통령보다 알렉산드로 총장의 결단이 더 중요하다.

알렉산드로 총장은 최치우의 스위트룸에서 조셉과 일대일로 대화를 나눴다.

양해를 구하고 단독으로 조셉을 심문한 것이다.

1시간 가까이 자리를 비워준 최치우는 움바투 대통령과 따로 이야기를 주고받았다.

"알고 있겠지만, 케냐 혼자서 나서기엔 너무 버거운 일이오."

"UN이 교통정리를 해야 케냐도 나설 수 있겠죠. 이해하고 있습니다."

"설령 평화유지군이 지휘권을 발동해도… 우리 군대를 어디까지 보낼 수 있을지……."

움바투 대통령의 의도는 쉽게 읽혔다.

어떻게든 골치 아픈 문제에서 한발 빼고 싶은 것이다.

최치우는 고개를 돌렸다.

그는 무감정한 눈빛으로 움바투 대통령의 커다란 눈동자를 마주 봤다.

노려본다고 해도 과언이 아니었다.

최치우의 시선을 받은 움바투 대통령은 저도 모르게 움찔했다.

산전수전 다 겪은 능구렁이지만, 최치우는 격이 다른 인물이다.

내공을 발산하지 않아도 자연스러운 존재감으로 움바투 대통령을 옴짝달싹 못 하게 만들었다.

"올림푸스가 케냐에 투자를 결정한 이유, 심지어 소울 스톤 발전소 건립도 검토하는 이유를 아십니까?"

"그, 그거야 우리가 아프리카 중부의 중심 국가로 발전 가능성이 높고……."

"어디든 올림푸스가 작정하고 발전소를 세우면 금방 성장하지 않을까요?"

최치우는 겸손을 떨지 않았다.

근거 있는 자신감을 뽐냈다.

올림푸스는 이미 남아공에서 혁혁한 성과를 올렸다.

케냐가 아니라도 얼마든지 투자 개발을 성공시킬 자신이 넘
쳤다.

할 말을 잃은 움바투 대통령이 먼 하늘만 쳐다봤다.

하지만 최치우는 좋게 좋게 마무리하지 않았다.

"올림푸스는 아프리카 전체의 발전을 위해서 케냐로 진출하
는 겁니다. 마찬가지로 케냐 역시 아프리카 전체의 평화를 위
해서 위험한 반군 세력을 소탕하는 데 협조해야 하지 않겠습니
까? 그래야 아프리카 중부의 큰형님 노릇을 할 자격이 생길 겁
니다."

언중유골(言中有骨)은 바로 이럴 때 쓰는 말이다.

만약 케냐가 책임을 다하지 않으면 올림푸스 역시 생각을 달
리할 수 있다.

최치우는 은연중 그 점을 드러냈다.

투자 협약을 맺었지만, 소울 스톤 발전소 건립은 확정하지
않았다.

화룡점정(畵龍點睛)에 해당하는 발전소가 빠지면 아무래도 김
이 샐 수밖에 없다.

움바투 대통령은 발전소를 유치하기 위해서라도 반군 문제
에 관심을 기울여야 했다.

다행히 완전히 말귀를 못 알아먹는 인물은 아니었다.

식은땀을 한 바가지 흘린 움바투 대통령이 헛기침을 하며 고개를 끄덕였다.

"크흠, 흠. 당연히 케냐도 아프리카의 문제에 적극적으로 나서야 하겠소. 그걸 모르는 게 아니라 여러 현실적 문제들이 우려가 되었을 뿐이오."

"현실적 문제는 제가, 그리고 UN에서 해결하겠습니다."

최치우의 말에서 꺾을 수 없는 의지가 느껴졌다.

움바투 대통령은 이게 얼마나 무서운 음모인지 정확히 모르고 있다.

단순한 반군의 준동이 두려운 게 아니다.

아프리카 각지에서 반군이 봉기하고, 내전과 학살이 자행되는 것은 1단계다.

네오메이슨은 아프리카의 혼란을 명분 삼아 반군 진압을 위해 대량살상무기를 가동시킬 것이다.

그러나 무기에는 눈이 달려 있지 않다.

고의적 실수로 대량살상무기가 아프리카를 무차별 타격하게 되면 3차대전에 버금가는 재앙이 시작된다.

결국 아프리카의 인구는 말살되고, 전쟁을 통해 네오메이슨이 관여한 군수업체와 금융회사는 엄청난 호황을 누릴 것이다.

구체적인 시나리오를 그릴수록 암울한 미래가 펼쳐졌다.

과연 막아낼 수 있을까.

최치우의 고민이 깊어지는 찰나, 알렉산드로 총장이 나타났다.

조셉과 독대를 마치고 스위트룸 밖으로 나온 것이다.

"대표님, 시간을 더 내주면 좋겠습니다."

"그래야죠."

최치우와 알렉산드로 총장은 길고 긴 대화를 나누게 될 것 같았다.

아프리카, 아니, 세계의 운명을 놓고 이야기를 해야 한다.

이제껏 느껴보지 못한 부담감이 최치우의 어깨를 짓누르고 있었다.

그럼에도 불구하고 의연하게 자리에서 일어선 최치우는 미소를 지었다.

억지로 웃는 것은 아니다.

어마어마하게 어려운 미션 앞에서 갑자기 호승심이 솟구쳤다.

적이 강할수록 더 뜨겁게 불타는 것이 최치우의 영혼이다.

이번에도 다르지 않았다.

그 상대가 개인이 아닌 실체를 파악하기조차 어려운 거대한 세력일 뿐.

온몸으로 부딪쳐 이겨내야 하는 것은 똑같다.

최치우는 알렉산드로 총장과 함께 자리를 옮기며 마음을 다잡았다.

'최후의 승자는 나다, 네오메이슨.'

이제껏 네오메이슨의 급소에 어퍼컷을 후려쳤던 것처럼 아프리카에서도 승리할 것이다.

케냐의 수도 나이로비에서 최치우의 투지가 활활 타오르고 있었다.

*   *   *

움바투 대통령은 환영 만찬이 열리는 장소로 돌아갔다.

오늘은 케냐 정부에게 있어 역사적인 날이다.

전례 없는 대규모 투자를 약속받았고, 그 파트너가 다름 아닌 올림푸스였다.

확정된 결과는 나오지 않았지만 소울 스톤 발전소 건립도 유력하게 점쳐지고 있었다.

전 세계 모든 국가들이 유치하고 싶어 안달이 난 소울 스톤 발전소가 케냐에 들어설 가능성이 높아졌다.

나이로비까지 날아온 기자들은 질문할 게 산더미 같을 것이다.

누군가는 책임지고 대답을 해줘야 한다.

따라서 최치우와 알렉산드로 총장은 몰라도 움바투 대통령은 환영 만찬 자리를 오래 비워둘 수 없었다.

어차피 움바투 대통령이 있어도 진지한 논의에 큰 도움은 안 된다.

환영 만찬에서 기쁨에 취해 경사스러운 날을 축하하는 역할이 그에게 더 잘 어울렸다.

우선 UN과 올림푸스가 입장을 정리하는 게 급하다.

그러고 난 다음 움바투 대통령에게 협조를 구할 것이다.

아프리카 중부의 큰형님으로 여겨지는 움바투 대통령의 정치력은 그때 비로소 빛을 발할 것 같았다.

"어떤 것 같습니까?"

최치우가 침묵을 깼다.

둘만 남은 알렉산드로 총장과 최치우 사이에 한동안 무거운 적막이 감돌았다.

알렉산드로 총장은 천천히 고개를 내저었다.

"대표님이 생포한 조셉이라는 반군의 말에 일관성이 있었습니다. 정황도 상당히 자세하고……."

"조셉이 굳이 없는 말을 지어낼 이유는 없습니다."

"그렇다면 반군들의 연합을 기정사실로 받아들여야 하는 것입니까?"

오히려 알렉산드로 총장이 최치우에게 질문을 던졌다.

세계정부라 불리는 UN의 수장이 답답한 마음을 토로하고 있었다.

나이와 경륜으로 따지면 최치우는 알렉산드로 총장의 막내아들뻘이다.

하지만 지금 이 순간, 결단을 내리고 리더십을 발휘할 사람은 최치우밖에 없다.

UN 사무총장마저 최치우에게 의지하고 있었다.

"총장님, 우리에게 주어진 시간이 그리 길지 않습니다."

"얼마 정도 여유가 있을 것 같습니까?"

"아직 반군들이 수면 아래에서 덩치를 키우고 있습니다. 아마 6개월에서 1년 정도는 더 준비를 하고 싶겠죠. 하지만 그때가 되면……."

알렉산드로 총장은 말없이 최치우를 쳐다봤다.

어떤 말이 나올지 짐작이 됐다.

그러나 최치우의 입을 통해 확인을 받고 싶은 눈치였다.

"준비를 마친 반군들이 동시다발적으로 내전을 일으키면 모든 게 늦습니다. 외부의 지원을 받고, 연합을 결성한 반군들은 빠른 속도로 기존의 게릴라를 흡수할 겁니다."

"아프리카에서 세계 3차대전에 버금가는 대규모 내전이 일어난다는 말입니까?"

"북부의 이집트와 모로코에서, 중부의 케냐에서, 남부의 모잠비크와 남아공에서 동시에 내전이 발생하면 대륙 전체가 마비되는 겁니다. 과연 몇십만, 아니, 몇백만 명이 죽을까요?"

"상상하는 것조차 끔찍합니다."

UN의 독립성을 지키기 위해 미국과도 맞서 싸우는 철혈의 총장 알렉산드로가 몸서리를 쳤다.

그의 반응은 지극히 당연한 것이었다.

몇백만 명이 죽을지 모르는 대규모 내전과 학살의 전조가 발견됐다.

소름 끼치지 않는다면 비정상이다.

최치우는 다시 한번 유일한 해결책을 힘주어 말했다.

"반군들이 준비를 끝내기 전에 우리가 먼저 공격해야 합니다. 일망타진하는 것 말고는 방법이 없습니다."

"하지만 알다시피 아프리카 각국의 정부가 협조를 할지, 그리고 국경지대에 자리 잡은 반군들을 누구의 관할로 공격할지… 이 모든 게 어려운 과제입니다."

"그렇다고 가만히 앉아서 수백만의 목숨이 사라지고, 아프리카 대륙이 난장판이 되는 걸 기다리고 있을 순 없습니다."

"UN의 비공개 안보리에서 의제로 올리는 건 어떻습니까?"

"그 지루한 절차를 기다리다간 타이밍을 놓치고 말 겁니다. 중국과 러시아가 한편을 먹고 미국을 견제하느라 안보리에서 제대로 된 결정을 내린 적이 있기는 합니까?"

최치우가 정곡을 찔렀다.

UN의 구조적인 문제점을 질타한 것이다.

알렉산드로 총장도 꿀 먹은 벙어리가 될 수밖에 없었다.

독립성을 강조하는 사무총장이 됐지만, 그 역시 안보리의 모순을 해결하기엔 역부족이었다.

"모잠비크를 제외한 나머지 5개의 신규 반군이 어디에 있는지, 필요한 정보는 올림푸스에서 수집하겠습니다."

"그게 가능할까요?"

"돈을 쏟아부으면 불가능도 가능으로 바뀌는 법이죠. 그리고 이런 시기를 위해 헤라클레스를 키워왔으니까."

최치우는 분명한 청사진을 내놓았다.

올림푸스의 자금력으로 정보를 사들이고, 헤라클레스를 움직여 반군의 동향을 파악하면 된다.

중요한 정보에 막대한 현상금을 걸면 예기치 못한 곳에서 실마리가 풀릴 수 있다.

최치우가 우연히 모잠비크의 자동차 딜러 필리페를 만나 단서를 찾은 것처럼 말이다.

"총장님은 안보리에 의제를 올리지 말고, UN 평화유지군의 전투 병력 증강을 관철해 주십시오. 수단과 방법을 가리지 않고 3개월 안에 평화유지군의 전투병을 두 배 이상 늘려야 됩니다."

"그런 방법이—!"

비로소 알렉산드로 총장도 최치우의 생각을 이해했다.

절차를 지키는 정석적인 방법으로는 시간만 질질 끌린다.

최치우는 UN 안보리의 승인 따위를 기다릴 생각이 눈곱만큼도 없었다.

올림푸스와 헤라클레스가 선봉에 서고, 덩치를 키운 UN 평화유지군이 아프리카 각국 정부군과 협력해 마무리를 맡는다.

일단 신규 반군을 일시에 쓸어버린 다음 국제사회에 설명하는 게 낫다.

허락을 받는 것보다 용서를 받는 게 쉽다는 말이 있다.

최치우도 일단 사고부터 치고 보려는 것이다.

물론 그가 치려는 사고는 아프리카 대륙과 세계를 구하는 일이다.

"내가 책임지고 그리하리다."

알렉산드로 총장이 결심을 굳혔다.

두 사람의 시선이 얽히며 세기의 비밀작전이 개시됐다.

최치우라는 사람이 존재하는 것.

그게 바로 아프리카 대륙이 현시대에 맞이한 최고의 축복인 것 같았다.

11장
역사

　나이로비에서 협약식을 마친 최치우는 전용기를 타고 한국으로 돌아왔다.

　누가 뭐래도 그의 가장 큰 관심 지역은 아프리카 대륙이었다.

　하지만 마냥 아프리카에 머물 수만은 없었다.

　올림푸스와 퓨처 모터스는 글로벌기업이다.

　이익의 대부분은 해외 사업에서 발생하고 있다.

　최치우는 두 회사의 오너이자 CEO인 동시에 강력한 상징성을 지닌 마스코트이다.

　그렇기에 전 세계 곳곳을 돌아다니며 각종 행사에 참석하고, 굵직한 결정을 내려야 한다.

서울에서 어머니의 집밥으로 에너지를 충전한 최치우는 하루 종일 결재 서류를 검토했다.

오전에 서류를 검토하면 오후와 저녁은 미팅이 줄지어 잡혀 있었다.

웬만한 미팅은 비서팀에서 커트를 한다.

그럼에도 불구하고 최치우에게 보고되는 미팅은 꼭 참석해야 할 것들이다.

장관 정도의 명함으로는 최치우를 단독으로 만나기 힘들어졌다.

정제국 대통령도 최치우를 만날 때는 조심스러운 태도를 취한다.

그를 대통령으로 만든 장본인이 최치우라는 사실을 잊지 않았기 때문이다.

국내 굴지의 대기업 총수들도 최치우를 어려워하긴 마찬가지이다.

오성그룹을 제외하면 시가총액으로 올림푸스와 퓨처 모터스를 뛰어넘는 회사는 단 한 곳도 없다.

감히 최치우와 각을 세우려는 기업도 존재하지 않았다.

대한민국을 움직인다는 오성그룹의 이지용 부회장도 최치우에게는 한 수 접어주는 분위기였다.

현기 자동차의 홍문기 부회장이 최치우와 충돌했다가 무슨 봉변을 당했는지 재계는 똑똑히 기억하고 있었다.

이처럼 최치우는 26살의 나이에 한국의 정계와 재계에서 대적할 사람이 없는 위치에 올랐다.

　권력과 재력이라는 쌍검(雙劍)을 허리에 차고 전무후무한 아성을 쌓는 중이다.

　역사의 중심에 선 최치우는 오늘도 바쁘게 보내고 있었다.

　"저녁 식사, 누구라고 했었죠?"

　"현성 금융의 김종식 회장님과 미팅입니다."

　"피곤해서 그러는데 미루면 안 될까?"

　"대표님, 김종식 회장님이 오늘은 꼭 뵙고 싶다고 저에게 신신당부를… 직접 전화까지 해서……."

　비서팀장이 울상을 지었다.

　최치우는 피식 웃음을 터뜨리며 고개를 끄덕일 수밖에 없었다.

　"알았어요. 내가 우리 팀장님 힘들게 할 수는 없지. 예정대로 갑시다."

　"감사합니다, 대표님!"

　다시 비서팀장의 얼굴에 화색이 돌았다.

　사실 누가 들으면 입을 쩍 벌릴 대화 내용이다.

　현성 금융은 국내 굴지의 투자회사이다.

　특히 현성 금융이 움직이면 국민연금도 뒤따라 투자한다는 말이 있을 만큼 영향력이 막강하다.

　기업을 경영하는 데 있어 금융의 역할은 100번 강조해도 모자라지 않는다.

　현성 금융의 김종식 회장은 잘나가는 기업가들이 앞다퉈 만나고 싶어 안달을 내는 인물이다.

그러나 상대가 최치우라면 입장이 완전히 달라진다.

반대로 김종식 회장이 최치우와 저녁 식사를 하기 위해 비서팀장을 달달 볶는 것이다.

저녁 일정을 확인한 최치우는 다음 스케줄도 체크했다.

빈틈없이 빽빽한 타임라인에 휩쓸리지 않고 중심을 잡아야 한다.

"퓨처 모터스에서는 LA의 제우스 파크 행사에 대표님께서 참석이 가능하신지 문의하고 있고요, 뉴욕에서는 윌리엄 뱅크 부사장이 미팅 요청을⋯⋯."

비서팀장의 보고를 듣고 있으면 정신이 아득해지기 십상이다.

드넓은 지구에서 최치우를 원하는 사람들이 너무 많기 때문이다.

세계 최고의 투자자로 손꼽히는 워렌 버핏은 1년에 몇 번씩 점심 식사 이벤트를 개최한다.

워렌 버핏과 점식을 먹기 위해 100만 달러 이상을 내려는 사람들이 줄을 선다.

한 분야에서 최고에 오른 사람과의 대화는 돈으로 살 수 없는 경험이다.

이제 최치우도 워렌 버핏 같은 대우를 받기 시작했다.

물론 버핏은 투자자이고, 최치우는 새로운 사업을 만드는 개척자이다.

동일 선상에서 두 사람을 비교할 수는 없다.

하지만 최치우와의 미팅 자체가 영광으로 여겨지는 것은 분명한 사실이다.

오마하의 현인으로 불리는 워렌 버핏과 어깨를 나란히 하게 된 최치우는 거만해지지 않았다.

상황과 환경이 달라지면 사람도 달라질 수밖에 없다.

그러나 거들먹거리는 데 재미를 붙이면 아무리 큰 성공도 금방 쪼그라든다.

"팀장님, 우리 사옥 관련해서 국토부 관계자 미팅은 언제였어요?"

"다음 주 수요일로 예정되어 있습니다. 그런데 대표님 일정 확인 후 다시 조율하기로 말을 해놓아서 변경도 가능할 것 같아요."

"앞당길 수 있으면 이번 주로 변경해 주세요."

"네? 알겠습니다."

"직원들은 계속 느는데 이러다 금방 좁아지겠어. 빨리 결정을 내려야지."

최치우는 다른 무엇보다 직원들의 행복을 중시했다.

열정을 불태우며 미친 사람처럼 일하는 직원들에게 확실한 보상을 줘야 한다.

그러지 못하는 회사는 직원들의 열정을 요구할 자격이 없다.

널찍하게 느껴졌던 여의도 본사 사무실은 어느새 수많은 직원들로 가득 차 있었다.

올림푸스는 소수 정예를 추구하지만 사업을 확장하며 직원들이 늘어나는 것은 필연적이다.

최치우는 직원들이 닭장처럼 다닥다닥 붙어 일하는 광경을 보고 싶지 않았다.

사옥을 매입하거나 짓는 것도 올림푸스의 성공을 자랑하기 위해서가 아니었다.

직원들에게 쾌적한 근무 환경을 제공하고 싶은 마음이 더 컸다.

우웅— 우우웅—

최치우가 비서팀장과 이런저런 현안을 의논하며 걷는데 스마트폰이 울렸다.

잠시 멈춰 선 그가 화면에 떠오른 이름을 확인했다.

언제 봐도 반가운 이름, 김도현 교수의 전화였다.

"네, 교수님."

—한국에 돌아왔다고 들었어요. 아프리카에 있을 때보다 더 바쁘지요?

"그러게 말입니다. 차라리 사막에서 모래바람 맞는 게 더 편한 것 같습니다."

최치우는 미소를 지으며 김도현 교수와 농담을 주고받았다.

남아공에서 나이로비까지 무작정 질주했던 일주일이 그리워졌다.

최상급 대지의 정령 나드갈을 만나고, 반군들의 습격을 받았지만 훨씬 즐거웠다.

반면 한국에서는 온갖 머리 아픈 일정과 회의를 소화해야
한다.

사막의 모래바람이 더 편하다는 말에는 어느 정도 진심이
섞여 있었다.

─치우 군을 다시 사막으로 보내줄 수 있을 거 같아요.

"교수님, 그 말씀은……."

─전에 줬던 소울 스톤에서 에너지를 추출했어요.

쫘악─!

최치우는 대답 대신 주먹을 불끈 쥐었다.

미래에너지 탐사대가 또 한 번 큰일을 해낸 것이다.

상급 대지의 정령 노하임의 소울 스톤으로 발전소를 지을
수 있게 됐다.

만약 아프리카에서 얻은 나드갈의 소울 스톤도 활용할 수
있게 되면 그야말로 대박이다.

하나만 건져도 다행이라 생각했는데 어쩌면 2개의 소울 스
톤 발전소를 건립할 수 있을 것 같았다.

"지금 연구실로 가겠습니다."

─기다리고 있을게요, 치우 군.

전화를 끊은 최치우는 고개를 돌려 비서팀장을 쳐다봤다.

올림푸스 입장에서는 경사가 났지만, 비서팀장은 불안한 표
정이었다.

"팀장님, 지금 미래에너지 탐사대 연구실로 가야겠습니다."

"그럼 저녁 식사는……."

"30분, 아니, 1시간만 늦게 합시다. 내가 김종식 회장님한테 직접 전화 걸어서 양해를 구하죠."

"아, 대표님께서 전화해 주시면 김종식 회장님이 엄청 좋아할 것 같으세요."

비서팀장은 한시름 놓은 얼굴로 안도의 한숨을 쉬었다.

혹시 최치우가 저녁 미팅을 또 깨버릴까 봐 조마조마했던 것이다.

최치우는 웃음기를 머금은 얼굴로 걸음을 재촉했다.

마음은 이미 미래에너지 탐사대 연구실이 있는 S대 공학관에 도착했다.

이 소식을 들으면 케냐의 움바투 대통령은 덩실덩실 춤을 출 것 같았다.

＊　　　　＊　　　　＊

"교수님!"

최치우는 저도 모르게 목소리를 높였다.

반가움과 기쁨 등 여러 감정이 교차했기 때문이다.

직접 연구실 문을 열어준 김도현 교수도 환하게 웃으며 최치우를 맞이했다.

"치우 군, 고생 정말 많았어요. 나이로비에서도 국위선양을 하다니……."

"이제 겨우 첫걸음을 뗀 것뿐입니다."

"아니에요. 남아공에 이어 케냐까지… 아프리카 대륙 전체에 올림푸스의 영향력이 드리우는 건 정말 대단한 일이지요."

"교수님 덕분에 케냐에서 생색 좀 내게 생겼습니다."

"일단 들어가서 이야기해요."

연구실 안으로 들어간 최치우는 소파에 털썩 앉았다.

그의 앞에는 김도현 교수가 손수 내려준 전통차가 김을 모락모락 피워내고 있었다.

"날씨는 덥지만 그럴수록 몸의 기운을 챙겨야지요. 방금 우려낸 도라지차예요."

"감사합니다."

은은하고 알싸한 다향을 음미한 최치우가 본론을 꺼냈다.

그동안 밀린 이야기도 나누고 싶지만, 가장 궁금한 걸 먼저 물어볼 수밖에 없었다.

"소울 스톤은 어떻게 됐습니까?"

"이번에 연구한 소울 스톤의 속성은 대지, 즉 땅과 흙이잖아요."

"네."

"그래서 고민을 많이 했어요. 이제까지 연구했던 물 속성, 불 속성의 소울 스톤과는 특성이 다를 테니까 말이지요."

"바람 속성을 빼면 모든 소울 스톤을 다 연구하신 셈이군요. 이 세상에서 교수님이 최고의 소울 스톤 전문가이십니다."

"과찬이에요. 치우 군이 아니면 소울 스톤의 존재조차 몰랐을 텐데요."

최치우와 김도현 교수는 악어와 악어새 같은 관계였다.

혼자서는 오롯이 100% 힘을 발휘하기 힘들다.

하지만 두 사람이 모이면 200%, 아니, 1,000%의 결과를 만들 수 있다.

소울 스톤만으로는 세상을 바꿀 수 없다.

그러나 소울 스톤이 없으면 대체에너지를 추출하는 연구를 시작도 못 한다.

최치우가 밝은 태양이라면, 김도현 교수는 그의 뒤를 묵묵히 지켜주는 그림자였다.

"아무튼 우리는 대지의 속성 자체에 주목했어요. 이미 대체에너지 분야에서는 지열발전이 화두잖아요?"

"그렇죠."

"대지는 불에 강하지요. 동양의 오행에서도 불의 상극으로 대지를 놓는 이유는 무엇일까요?"

오행(五行)에 의하면 화(火)의 상극은 토(土)다.

실제로 대지의 정령은 불 속성 마법을 가볍게 막아낸다.

최치우는 정령들과 싸우면서 오행에 대해 고민한 적이 없었다.

아슬란 대륙과 무림에서도 마찬가지이다.

그저 당연한 상식으로 속성과 상극을 받아들였을 뿐이다.

"답은 간단해요. 대지는 그 자체로 어마어마한 열을 품고 있어요. 그래서 불의 상극인 것이지요."

김도현 교수가 선문답 같은 대답을 내놓았다.

그렇지만 과학적인 분석이었다.

세계적 권위의 학자는 뭔가 달라도 다르다.

사람들은 흔히 불이 뜨겁다고 생각한다.

그러나 대지가 품고 있는 열의 강도는 활활 타오르는 불꽃보다 더 높다.

그래서 지열(地熱)발전도 가능한 것이다.

"소울 스톤에 담긴 열에너지를 추출하신 것이군요."

"역시 치우 군에게는 길게 설명할 필요가 없네요."

김도현 교수가 감탄한 표정을 지었다.

단순하다면 단순한 원리이지만, 최치우처럼 직관적으로 빠르게 이해하긴 어렵다.

최치우는 김도현 교수를 쳐다보며 말했다.

"이 소울 스톤으로 케냐에 발전소를 짓겠습니다."

"한국, 독일에 이어 케냐라니… 올림푸스는 정말 이름처럼 글로벌기업이 되고 있어 자랑스러워요."

"그리고 하나 더 드릴 게 있습니다."

최치우가 품에서 나드갈의 소울 스톤을 꺼냈다.

같은 대지 속성이지만 노하임의 소울 스톤보다 황갈색 빛이 한층 진했다.

겉모습만 봐도 훨씬 강한 에너지를 품고 있는 게 느껴졌다.

"이 소울 스톤은……!"

김도현 교수가 무테안경을 치켜올리며 놀람을 금치 못했다.

최치우는 뿌듯한 얼굴로 입을 열었다.

"네 번째 발전소도 얼른 지어야죠."

"이 속도라면 우리가 정말 인류의 역사를 다시 쓰게 될 수도 있어요."

"교수님께선 이미 역사를 쓰고 계십니다, 저와 함께."

아프리카 대륙에 네오메이슨의 거대한 음모가 남아 있지만, 최치우는 계속 앞으로 나아가고 있었다.

과연 역사를 기록하는 승자가 네오메이슨일지, 아니면 올림푸스일지 오래지 않아 결판이 날 것 같았다.

*　　　　*　　　　*

7월의 태양은 화산의 용암처럼 대지를 뜨겁게 녹이고 있었다.

언제 추운 겨울이었냐는 듯 사람들은 무더위를 원망하기 바빴다.

그러나 여름이 마냥 나쁜 것은 아니다.

여름은 휴가의 계절이다.

올림푸스 직원들도 대부분 여름휴가 스케줄을 짜느라 행복한 고민에 빠졌다.

최치우는 올림푸스의 설립 초창기부터 업계 최고 대우를 고집했다.

여러 사업에 성공하고, 세계를 이끄는 글로벌 대기업이 됐어도 그 원칙은 변하지 않았다.

사실 기업의 규모가 커지면 경영자들은 비용 절감이라는 미션을 맞이하게 된다.

매출과 이익을 늘리는 것보다 비용을 절감하는 게 당장 더 큰 도움이 되기 때문이다.

올림푸스에 새로 합류한 임원들 중에는 경영과 회계 전문가도 있다.

그들 역시 약간의 비용 절감으로 올림푸스의 순이익을 늘리는 방안을 내놓았다.

하지만 최치우의 선택은 단호했다.

그는 직원들의 대우를 조금이라도 낮추고 싶지 않았다.

그럴 여력이 없으면 모르겠지만, 올림푸스는 창사 이후 멈추지 않고 성장을 이어가는 추세이다.

설령 다른 기업에 비해 직원 대우가 과도해도 상관없다.

어차피 올림푸스의 비교 대상은 다른 회사가 아니다.

최치우는 비용 절감을 말하는 임원에게 딱 잘라서 말했다.

"올림푸스는 이제껏 세상에 존재하지 않았던 일을 해내고 있습니다. 그러니까 우리 직원들에게도 온 세상이 부러워할 대우를 해주는 게 당연합니다."

CEO의 철옹성 같은 의지 앞에서는 아무리 경영 전문가라 해도 할 말이 없어진다.

세금을 비롯해 R&D 투자 등 다양한 부분에서 돈이 새는 것은 막아야 한다.

그러나 직원 처우는 타협의 대상이 아니다.

덕분에 올림푸스 직원들은 올해도 어느 기업보다 두둑한 휴가비를 받게 됐다.

휴가 기간도 예전보다 넉넉하게 주어졌다.

인원이 늘어나며 서로의 업무를 대신할 수 있기 때문이다.

물론 올림푸스가 마냥 편하기만 한 직장은 아니었다.

오히려 그 반대일 것이다.

청년들이 가장 가고 싶은 꿈의 직장이며 선망의 대상이지만, 업무 강도는 살벌하기로 유명하다.

제대로 성과를 내지 못하는 직원은 가차 없이 낙오된다.

올림푸스는 한 명의 폭탄 때문에 다른 직원들이 고생하는 걸 용납하지 않는다.

그만큼 치열한 업무 환경이 조성된 만큼, 세상을 바꾼다는 보람과 함께 최고의 대우를 보장하는 것이다.

"사무실 분위기가 밝아진 것 같군요."

대표실 밖으로 걸어 나온 최치우가 말했다.

그의 옆에 선 임동혁도 고개를 끄덕였다.

"휴가철이라 그런 것도 있고, 사옥을 이전한다는 말이 직원들 사이에 돈 것 같습니다."

"소문이 참 빠릅니다."

"어느 임원이 소문을 흘렸는지 알아봐도 되겠습니까?"

"됐어요. 큰 비밀도 아니고, 뭘 그렇게까지."

최치우가 웃으며 손을 내저었다.

임동혁은 요즘 들어 부쩍 임원들의 군기를 잡고 있었다.

총무 이사 백승수, 홍보 이사 김지연처럼 내부 승진을 한 임원들이 있지만 외부 영입도 적지 않았다.

외국인 임원도 꽤 섞여 있으니 자칫 잘못하면 단단하던 올림푸스의 분위기가 망가질 수 있다.

그래서 부사장에 임명된 임동혁이 책임감을 느끼고 신경을 쓰는 중이었다.

더구나 최치우가 해외 일정으로 여의도 본사를 비우는 일이 잦아지며 사실상 임동혁이 국내 사업을 총괄하게 됐다.

과거 재계의 망나니라 불렸던 임동혁은 완전히 달라진 모습으로 올림푸스를 이끌었다.

올림푸스는 시가총액 기준 국내 재계 서열 2위의 기업이다.

임동혁의 모기업인 한영그룹을 추월한 지 오래다.

그렇기에 올림푸스의 2인자라면 그만한 자격을 끊임없이 증명할 필요가 있다.

최치우는 임동혁의 변화를 긍정적으로 바라봤다.

원래부터 타고난 촉과 승부욕은 타의 추종을 불허하는 사람이었다.

다만 자신을 담아낼 그릇을 찾지 못해 방황했을 뿐, 올림푸스에서 각성한 모습이 이제는 제법 잘 어울렸다.

매번 구박을 퍼붓는 사이지만 최치우도 임동혁에게 의지를 하고 있다.

그가 없으면 지금처럼 마음 편히 여의도 본사를 비우고 전 세계를 돌아다니지 못할 것이다.

"부사장님, 같이 갑시다. 소문을 사실로 만들어야죠."

"네, 대표님."

최치우는 사옥 이전 문제를 확실하게 매듭지을 작정이었다.

벌써 여러 차례 국토부와 의견을 주고받았다.

기존의 빌딩을 매입하면 일이 편하겠지만, 올림푸스의 신규 사옥은 주춧돌부터 직접 세우고 싶었다.

최치우와 임동혁.

두 사람이 함께 움직이면 대한민국에서 못 할 일이 없다.

아무래도 오늘 올림푸스는 새로운 영토를 접수하게 될 것 같았다.

         *   *   *

최치우가 사옥을 짓기 위해 내건 조건은 까다로운 편이었다.

우선 서울 시내여야만 한다.

직원들을 경기도로 출퇴근시키고 싶진 않기 때문이다.

하지만 강남이나 여의도, 광화문 일대는 이미 과포화 상태로 빌딩을 새로 지을 땅이 없다.

도심 중심에 들어가려면 기존의 빌딩을 매입하는 게 최선이다.

그러나 눈을 조금만 돌리면 무섭게 성장하는 신규 산업단지가 손짓하고 있다.

부동산 투자 측면에서도 전통적인 도심보다는 신규 산업단지가 낫다.

직원들이 사옥 가까이 집을 구하기도 편리할 것이다.

그렇게 결정된 지역이 바로 마곡지구이다.

마곡지구는 서울 강서구 일대에 대규모로 조성된 산업단지
및 주거 단지이다.

최치우는 국토부의 협조를 받아 뒤늦게 마곡지구의 알짜 부
지를 매입했다.

공식적으로 올림푸스의 신사옥 부지가 확정된 것이다.

"대표님 지시 사항이기에 빠르게 추진을 했습니다만, 왜 마
곡인지 궁금합니다."

계약에서 도장을 찍고 돌아오는 길, 임동혁이 솔직한 속내를
털어놓았다.

아마 비슷한 의문을 품는 올림푸스 직원들도 꽤 있을 것 같
았다.

"아직 마곡을 강남이나 여의도에 비교할 수는 없죠. 분당이
나 판교, 하다못해 과천이나 광명보다 못한 지역이라 판단할
수도 있고."

"사옥이 완공되려면 몇 년이 걸리겠지만, 여의도를 벗어나게
된 직원들이 불만을 가질까 신경이 쓰입니다."

"서울 동부는 꽉 찬 보름달 같습니다. 강남, 송파, 분당과 판
교, 그 뒤로 강동과 하남까지. 달이 차면 기우는 게 자연의 이
치죠."

"그런……."

"반면 서부는 넓게 봐서 인천까지 인구가 훨씬 많은데도 그
동안 개발에서 소외돼 왔죠. 머지않은 미래에 서울 서부의 개
발이 불붙을 수밖에 없습니다."

"부동산에도 관심이 있으신 줄 몰랐습니다."

"딱히 관심은 없어요. 우리가 부동산으로 돈 벌 회사는 아니니까. 그냥 흐름이 보이는 겁니다."

최치우는 만류귀종(萬流歸宗)의 이치를 설명하고 있었다.

한 분야에서 정점에 이르면 다른 분야의 원리도 깨닫게 된다는 불가(佛家)의 격언이다.

주로 무림에서 쓰는 말이지만, 현대에서도 충분히 적용이 가능하다.

온갖 위협을 돌파하며 세상을 바꾸는 최치우에게 부동산 개발의 흐름을 읽는 건 식은 죽 먹기보다 쉬웠다.

"그리고 마곡은 김포공항과 밀접하고, 인천공항과 접근성도 좋습니다. 해외 출장이 많은 우리 입장에선 빼놓을 수 없는 장점이죠."

"새삼스러운 사실이지만, 대표님은 한 번에 몇 가지 생각을 하는지 참 신기합니다."

임동혁이 혀를 내둘렀다.

지난 몇 년 동안 최치우를 가장 가까이에서 지켜본 사람이 바로 임동혁이다.

그럼에도 불구하고 최치우의 머릿속에 대체 뭐가 들었는지 파악하기 힘들었다.

최치우는 불과 얼마 전까지 아프리카에서 남아공 본부 및 헤라클레스를 점검하고, 케냐 정부와 어마어마한 투자 협약을 체결하고 돌아왔다.

그런데 적응할 시간도 필요 없다는 듯 한국의 현안을 척척 해결하고 있었다.

태평양처럼 넓은 인맥을 자랑하는 임동혁도 평생 최치우 같은 괴물은 처음 봤다.

최치우는 피식 웃으며 말했다.

"너무 놀라지 마요. 부담스럽게."

"갑자기 든 생각인데, 대표님이 아들을 낳으면 어떨지 기대가 됩니다."

"결혼도 안 했는데 아들은 무슨 아들입니까."

"유은서 씨와 결혼하실 것 다 알고 있습니다."

"부사장님부터 결혼하고 말합시다. 안 그래도 한영그룹의 임 회장님이 하나뿐인 아들 노총각 될까 봐 걱정이 크다던데."

"우리 영감도 참……"

두 사람의 짧은 설전은 이번에도 임동혁이 구박을 받으며 끝났다.

그러나 둘 다 미소를 짓고 있었다.

*　　　　*　　　　*

올림푸스가 마곡지구에 사옥을 건설한다.

뉴스가 알려지자마자 마곡의 땅값이 가파르게 상승하기 시작했다.

대한민국에서 최치우와 올림푸스의 브랜드가치는 부동산 시장을 들썩이게 만들 정도였다.

최치우는 사옥 부지 외에도 마곡의 새 아파트를 수십 채 계약해 놓았다.

사옥이 완공되면 근처의 아파트를 직원들의 숙소로 제공할 계획이었다.

직원들 복지 차원에서 투자를 했는데 땅값이 미친 듯 오르며 본의 아니게 대박이 났다.

물론 그러거나 말거나 최치우는 크게 신경 쓰지 않았다.

개인 자산만 수십조 원이 넘고, 어차피 부동산으로 이익을 보는 데 관심이 없기 때문이다.

최치우는 올림푸스 신사옥 뉴스를 뒤로한 채 전용기에 몸을 실었다.

목적지는 독일 라이프치히다.

작년에 첫 삽을 뜬 두 번째 소울 스톤 발전소의 준공식에 참석하기 위해서다.

라이프치히 발전소는 예상치 못한 테러 사건에 휘말렸다.

그렇기에 준공 예정일이 가을로 밀렸다.

하지만 독일 정부와 올림푸스의 협력이 탄탄하게 이뤄졌고, 라이프치히 시청에서도 두 발 벗고 나서 일정을 앞당겼다.

테러 현장에 세워진 추모비가 공사에 참여한 모든 사람들의 마음을 울렸기 때문일까.

결국 7월 말 준공식을 열게 됐다.

테러가 발생하기 전, 원래의 일정대로 공사를 완료한 것이다.

최치우가 케냐의 수도 나이로비에서 투자 협약을 발표하고 한 달 조금 넘는 시간이 흘렀다.

그런데 이번에는 독일 라이프치히에서 또다시 전 세계의 기자들을 불러 모으게 된 것이다.

그야말로 최치우가 가는 곳마다 화제의 중심이 된다고 말할 수밖에 없었다.

"광명, 라이프치히, 나이로비, 그리고 다음은……."

최치우는 전용기에 앉아 의미심장한 혼잣말을 읊조렸다.

광명과 라이프치히의 발전소는 무사히 준공되어 대체에너지의 역사를 새로 썼다.

나이로비에 들어설 세 번째 발전소는 아프리카의 미래를 바꿔놓을 것이다.

최치우는 미래에너지 탐사대에서 에너지 추출에 성공한 상급 대지의 정령 노하임의 소울 스톤을 나이로비에 보내기로 작정했다.

그리고 하나의 카드가 더 남아 있다.

최상급 대지의 정령 나드갈의 소울 스톤도 성공적으로 개발될 가능성이 높다.

김도현 교수는 소울 스톤 개발 노하우를 착실하게 쌓아왔다.

게다가 대지 속성의 소울 스톤으로 에너지 추출에 성공한 경험이 생겼다.

같은 방법을 이용하면 나드갈의 소울 스톤에서도 좋은 결과가 예상된다.

"아프리카 반군 연합을 박살 내고, 네오메이슨의 인구 말살 정책을 막아야 하지만⋯ 그게 전부는 아니지."

최치우는 알렉산드로 UN 사무총장과 함께 은밀히 준비를 하고 있었다.

라이프치히에서 메르켈 총리를 만나면 독일 정부의 도움도 요청할 것이다.

한 템포 빠르게 아프리카 반군 연합을 일망타진하고, 네오메이슨의 전쟁과 인구 말살 음모를 저지해야 한다.

그러나 아프리카가 중요하다고 해서 거기에만 온정신을 뺏길 수는 없다.

"나드갈의 소울 스톤, 네 번째 발전소는 평양에 지으면 좋겠군."

대한민국과 총구를 겨누고 있는 북한의 수도, 평양.

최치우는 소울 스톤을 무기로 평양까지 가는 길을 개척할 수 있다고 믿었다.

아프리카와 유럽뿐 아니라 백척간두 한반도의 운명도 최치우로 인해 격렬하게 요동칠 것 같았다.

『7번째 환생』 11권에 계속⋯

초대형 24시 만화방

신간 100%, 샤워실, 흡연실, 수면실(침대석), 커플석, 세탁기 완비

■ 광명 광명사거리역점 ■

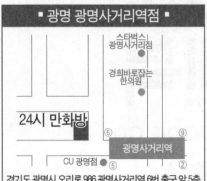

경기도 광명시 오리로 986 광명사거리역 6번 출구 앞 5층
02) 2625-9940 (솔목타워 5층)

■ 강북 노원역점 ■

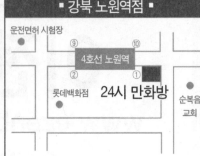

서울 노원구 상계동 340-6 노원역 1번 출구 앞 3층
02) 951-8324 (화용빌딩 3층)

■ 일산 정발산역점 ■

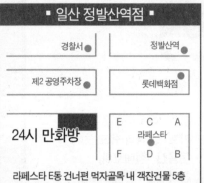

라페스타 E동 건너편 먹자골목 내 객잔건물 5층
031) 914-1957

■ 일산 화정역점 ■

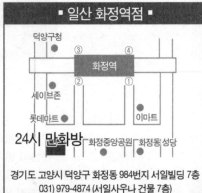

경기도 고양시 덕양구 화정동 984번지 서일빌딩 7층
031) 979-4874 (서일사우나 건물 7층)

■ 부천 역곡역점 ■

역곡남부역 기업은행 건물 3층
032) 665-5525

■ 부평역점 ■

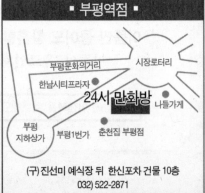

(구) 진선미 예식장 뒤 한신포차 건물 10층
032) 522-2871